## 编委会

主　任：薛保勤　李　浩

副主任：刘东风　郭永新

编　委：（按姓氏笔画排序）

　　　　王勇安　王潇然　毛晓雯　刘　蟾　刘炜评
　　　　江　璐　那　罗　杜爱民　李屹亚　杨恩成
　　　　沈　奇　张　炜　张　雄　张志春　高彦平
　　　　曹雅欣　董　雁　储兆文

审　稿：杨恩成　费秉勋　魏耕源　阎　琦

诗说中国

乐舞卷

# 乐舞翩跹

薛保勤 李浩 主编

倾蓝紫 曹雅欣 著

陕西师范大学出版总社

图书代号　WX17N1109

**图书在版编目(CIP)数据**

乐舞翩跹：乐舞卷/倾蓝紫，曹雅欣著. —西安：陕西师范大学出版总社有限公司，2018.1（2021.6重印）
（诗说中国/薛保勤，李浩主编）
"十三五"国家重点图书出版规划项目
ISBN 978-7-5613-9603-2

Ⅰ.①乐…　Ⅱ.①倾…　②曹…　Ⅲ.①古典诗歌—诗歌欣赏—中国　Ⅳ.①I207.22

中国版本图书馆CIP数据核字（2017）第263336号

# 乐舞翩跹：乐舞卷 YUE WU PIANXIAN：YUE WU JUAN

倾蓝紫　曹雅欣　著

---

| | |
|---|---|
| 出版策划 | 刘东风　张　炜　王勇安 |
| 执行编辑 | 郭永新　焦　凌　姚蓓蕾 |
| 责任编辑 | 谢勇蝶 |
| 责任校对 | 姚蓓蕾　王　翰 |
| 美术编辑 | 张潇伊 |
| 出版发行 | 陕西师范大学出版总社<br>（西安市长安南路199号　邮编 710062） |
| 网　　址 | http://www.snupg.com |
| 印　　刷 | 中煤地西安地图制印有限公司 |
| 开　　本 | 710mm×1020mm　1/16 |
| 印　　张 | 19.25 |
| 插　　页 | 2 |
| 字　　数 | 225千 |
| 版　　次 | 2018年1月第1版 |
| 印　　次 | 2021年6月第3次印刷 |
| 书　　号 | ISBN 978-7-5613-9603-2 |
| 定　　价 | 54.00元 |

读者购书、书店添货或发现印装质量问题，请与本公司营销部联系、调换。
电话：（029）85307864　85303629　　传真：（029）85303879

# 诗说中国说（序）

**"诗说中国"**是说诗，更是用诗来说中国。

诗是文学皇冠上最璀璨的珍宝。她既是审美意识的语言呈现，也是作家心灵的文学投射，还是人们日常生活的学术再现。诗是心灵的乐章，是思想的光芒，是人类灵性与智慧的结晶，也是人类文明进程的"别样"记载。人们通过诗歌抒情言志，状物寄情，歌之舞之，足之蹈之，兴观群怨，从而留下一个民族的吟唱和情感的纯粹表达，也留下了诗与人、诗与世、诗与史、诗歌与审美、诗歌与文明、诗歌与人性的无数关乎人类生存、生活、生命等终极目标的命题。

什么是诗？

诗言志，歌咏言。（《尚书·尧典》）

故哀乐之心感，而歌咏之声发。诵其言谓之诗，咏其声谓之歌。（《汉书·艺文志》）

诗者，吟咏情性也。（严羽《沧浪诗话》）

诗者，根情，苗言，华声，实义。（白居易《与元九书》）

诗的境界是情感与意向的契合。（朱光潜《诗论》）

诗是凭着热情活活地传达给人心的真理，是强烈感情的富于想象力的表达方式。（华兹华斯）

自古以来，关于诗的评说，异彩纷呈，各有千秋，但有一点历代名家不谋而合：诗是人类文明进程忠实而又审美化的记录。

中国是诗的国度。诗歌源远流长，浩如烟海，是中华传统文化中别具风采、独具魅力的珍贵历史文化遗产。

岁月悠悠，沧海桑田，"青山依旧在，几度夕阳红"。诗香依旧、诗韵依旧、诗心依旧、诗情依旧……几千年的历史变迁，诗歌并没有因为时间的流逝而失去其张扬生命的璀璨光芒，并没有因为岁月的过往而失去滋润灵魂的审美情愫，并没有因为历史的烟云而暗淡其透视曾经的认知价值，并没有因时代的变迁而失去审视社会的锐利。诗歌对过往的诗意的描述，对未来的诗意的展望，对美好的诗意的神往，对人生的诗意的理解，对生活的诗意的观照，对苦难的诗意的感悟，对家国的诗意的忧思……成为历史长河中丰富的文化资源、丰满的文学资源、丰沛的审美资源；更因其对历史的独特认知，对生命的吟咏礼赞，对人生的感悟反思，对社会的反省批判，滋润灵魂，启迪后来者。所有这些成为我们认知历史、研究历史、审视历史、提炼历史、观照现实、感悟文化、传承文化、创新文化的重要资源。正是基于此，才有了我们对"诗说中国"这套书的策划。我们编撰这套书没有停留在对一般诗歌作品的选编、鉴赏上，而是以诗说的形式，通过诗歌去认知历史、认知文化、认知人生，从而呈现出中国文化的另一种样貌。故而，"诗说中国"不是简单的诗的解读、诗的欣赏、诗的体悟，我们的目的是让读者随着我们的笔触感悟中华大地诗意化的历史、诗意化的人生,感知历久弥新的中华文化精神。

其一,"诗说中国"试图通过诗歌透视社会变迁中的社会图景,穿越时空,感知历史,认知历史。

"诗说中国"以"诗的眼睛"去探寻,以"诗的视角"去发现。诗是历史洪流中的一个镜像。通过诗歌这面镜子去发现历史,大江东去,潮起潮落,小桥流水,杏花春雨。让诗歌带领读者循着历史的足迹,进行诗意的历史穿越。在诗的维度、诗的空间中,穿越古代中国,与古人对话,与历史交流。政治风云、金戈铁马、亭台楼阁、歌舞升平、水墨丹青、耕读传家、佳肴美馔、人性至情、禅思哲理,一路走来,聆听曾经的低吟浅唱,感受曾经的风起云涌,思考历史的起承转合。品国风之情深意婉,恍若看到漫步于田间的古人身影,倾听余韵之声;感乐府之真挚深切,体味汉代朴质厚重的民风民情;赏唐诗之气象万千,体验大唐盛世激昂奋进的脉动勃发;悟宋诗之理思缜密,领略宋代文化的义理深邃;叹明清诗风之多元,体察寻常巷陌的世情百态。

历史已经远去,但诗歌的诗意描述、诗意感怀、诗意顿悟离我们并不远。文学源于生活,高于生活,从这个意义上讲,诗歌可以帮助我们认知"高于"生活前的原生态。无疑,诗歌为我们提供了一种"寻找历史"的文本,回望"生活",展示"生活",研究"生活"。遥想历史,古老而神秘,走入诗境,就能在"关关雎鸠,在河之洲,窈窕淑女,君子好逑"中体悟相通的情感,与古人相遇,而有会心之妙。

其二,"诗说中国"试图通过诗歌捕捉文化的点点滴滴,洞悉诗意的文化源流,引领读者品读文化、享受文化。

"诗说中国"从来就有庙堂牵系的政治关怀,也不乏恬淡雅致的乡间野趣，有着鲜明的文化多元特征。"诗说中国"试图带着读者徜徉、浸润于浩瀚的诗海之中，以大文化的宏阔视角走入诗界，观照诗歌所呈现的丰富的文化、斑斓的人生、多彩的体悟，进而感受丰富而多元的世界。诗的文本是开放的，也是别有用心的：或落脚于古代至情，体验古人的闺情婚恋、相思离别、悼亡哀怨；或着眼于礼仪，阐发诗中的宗庙祭祀、婚丧嫁娶、长幼尊卑等政治与生活礼仪；或聚焦于耕读，感受诗中的渔樵耕作与读书之乐；或感觉于饮食，展示诗中的甘醇玉馔，品尝舌尖上的中国味道；或游历于山水，体验诗中的林泉高致、山水情怀；或徜徉于笔墨丹青，在诗的水墨意蕴中感受审美的情致。镜头也观照怀古、行旅、民俗、禅思、乐舞等等，进而提炼生活之美、文艺之趣、哲理之思。

西方哲学家海德格尔《诗人何为？》一文中讨论荷尔德林的诗歌时指出："在如此这般的世界时代里，真正的诗人的本质还在于，诗人总体和诗人之天职出于时代的贫困而首先成为诗人的诗意追问"，揭示了诗人所担当的文化使命及诗性精神。此种情怀可谓中西相贯，古今相通。《诗说中国》希冀以诗性思维去观照文化中国，进而提升我们的文化自信。

其三，"诗说中国"试图通过诗歌去感知生命，滋润灵魂，在诗的引领下体味诗意化的人生。

我们力求带着情感与温度去阅读诗歌、品味诗意人生，以灵动优雅的散文语言诗意人生，带领读者感悟诗歌的多重表达与审美意蕴，去发现一个个生命的真实。《诗·大序》有言："情动于中而形于言，言之不足，故嗟叹之，嗟叹之不足，故永歌之。"《文心雕龙·物色》亦云："岁有其物，物有其容；情以物迁，辞以情发。"诗为心声。诗人的时代境遇、心志情怀，形成其对宇宙、自然、人生不同的体悟。每一首诗都寄托着人的生命体验，或气韵淡远，或游心物化，或天机妙悟，或兴象玲珑，诗的风骨、声律、心象、基调等不同的风格也透射出诗人不同的生命精神与文化心境。我们希望能帮助我们的读者触摸到古代诗人的体温，感受到古人博大的胸怀、飞逸的才华、超迈的精神、熠动的情感，感悟诗中激荡的浩然正气。

　　诗史也是心史。诗中有人的欲望，有人的追求，有人的思想，有人的观念；诗中也有不同时代、不同社会阶层的生命体验与精神世界。在诗中体味古人一腔诗心中的一咏而叹幽微心曲，感受其悠然看山的湛然本性。生命的本体经验感悟升华，悠远飞扬，荡涤世俗的尘埃，润泽心灵。我们不必刻意寻求"心灵鸡汤"，从古典诗歌中即可寻求到心灵的慰藉，体悟生命的多彩。当我们品味苏轼诗中的赋性闲远、通脱旷逸之时，心灵的困顿与精神的无依皆可得以释然。诗是"火树银花"的繁华之所，是"红袖添香"的温柔之乡，是无数读者的精神家园。

　　**"诗说中国"不是说诗，而是用诗来说中国。**

　　以诗来说中国是一件有意义的事，也是一件不容易的事。在浩如烟海的诗中，选什么诗，怎么选，怎么说，说到什么程度，都需要谋划者的良苦用心和解析者的殚精竭虑。"诗说中国"试图用历史长河中经典诗歌折射的"点"来连接成"线"，用"线"勾勒出"面"，使"点"具有经典性，"线"具有延续性，"面"具有代表性，通过"点""线""面"的有机结合，从而再现曾经的中国。

　　为了体现"点""线""面"的经典性、延续性及代表性，我们初步选择了《诗语年节》《铁马冰河》《明月松间》《人间有味》《家国情怀》《行吟天下》《情寄人生》《耕读传家》《乐舞翩跹》九卷，编撰成第一辑，建构起《诗说中国》的多元化框架。每卷图书撰有自序，介绍该卷的写作宗旨及文化流变，给读者绘制出一幅古代社会的诗学地图，让读者随着我们穿越古今。为了便于阅读，文章以散文式的笔法、诗书画结合的形式来呈现。

从2013年年初，我和李浩先生就开始谋划编写事宜，从集体构思到草创动笔，直至今天这套书行将付梓，历时五载，五年始磨一剑，不算长，也不算短，不由令人感喟不已却又欣喜由衷。编写的缘起，更多是出于人文学者对传统文化的一种自觉，我们尝试采用一种新的文学观照视角去感知诗歌中的中国，打开一幅幅历史的、文化的、人生的诗语长卷，广邀海内外宿学俊彦一起完成这个任重道远的任务。

感谢陕西师范大学出版总社的策划与支持，他们以敏锐的眼光捕捉文化的需求，体现出厚重的文化担当；感谢各卷编撰者对古典诗歌与中国的深切感悟及辛勤撰写；感谢审读书稿的几位专家严格把关，确保了书稿质量。大家的共同努力才促成了"诗说中国"的编撰出版。希望读者能于茫茫书海中，搭乘此叶扁舟以认知中国、领略中华魅力。

"诗说中国"是说诗，更是用诗来说中国。让我们以充满诗意的目光来观照历史的中国，观照这创造过辉煌的古老文明，观照这而今依然充满诗情画意、春意勃发的中国！

薛保勤

于首阳书院

# 自序

胡兰成说:"歌圻萌甲,舞静江山。""萌甲"就是植物初生的芽,音乐是初芽裂开的簌簌声,是花苞绽开的啪啪声;随乐而起的舞则一挥手、一跺脚之间就端静了河山。

《尚书》上说:"击石拊石,百兽率舞。"最早的歌舞,是人们敲打着薄薄的石片,也就是尚未进化成乐器的磬的敲击声,跳起模仿各种鸟兽的舞蹈。从此,人类便开启了一种"言之不足,歌之;歌之不足,舞之蹈之"的唯美抒情模式。

于是我们走过了"调理四时,太和万物。四时迭起,万物循生"的《云门大卷》时代。

敬仰着"歌诗三百""舞诗三百"的商周诗经时代,感动于那绵绵不绝的《高山流水》的情谊。

屡屡回顾那翘袖折腰的秦汉时代，频频聆听那三国雅士搅起风云的《沧海龙吟》。

一颗心为魏晋嵇康临终的一曲《广陵散》悲愤过，为南朝"仙仙徐动何盈盈，玉腕俱凝若云行"的《白纻舞》柔软过。

哀婉叹息过那南朝"花开花落不长久，落红满地归寂中"的《玉树后庭花》。

惊叹过大唐"虹裳霞帔步摇冠，钿璎累累佩珊珊"的《霓裳羽衣舞》。

也随南唐画家鉴赏过被描摹在十大名画里"翩如兰苕翠，婉如游龙举"的《绿腰》。

忍俊不禁于马远描绘的那几个欢快的老头击壤而舞的宋朝《踏歌》。

最后来到明清海纳百川、包容并蓄的戏曲时代，以及现在"人生代代无穷已，江月年年只相似。不知江月待何人，但见长江送流水"的《春江花月夜》……

我以雕花的心情来雕这篇中国古典舞蹈、音乐之文；然而即使我雕工再好，也无法雕尽这些传统艺术时光里的美丽。

这些覆盖着时间灰烬的中国古典舞蹈、音乐，如翡翠，因时光流动的磨砺而把青春年华收起埋藏，只在我们去劈石的刹那，才如春花绽放，山水绿开。

每一次你光临彼地，春天将为你再次来临，而花瓣会为你层层绽放。你看到的将是"锦莲浮处水粼粼，风外香生袜底尘。荷叶荷裙相映色，闻歌不见采莲人"。

在这里，古老的音乐、舞蹈从未老去，她们只是消失在滚滚年华的流光浮影中，如消失在那万里荷花中的采莲人。

你将会听到她们的歌声，遥想她们的舞蹈，步步生莲。

我希望我的文字，可以做这些步出水痕的采莲女脚下生出的莲尘，让大家循着步步莲花，望见她们的影……

# 目 录

酣来自作青海舞，秋风吹落紫绮冠..............1
　　　青海波
昔有佳人公孙氏，一舞剑器动四方............13
　　　剑器舞
南国有佳人，轻盈绿腰舞..........................29
　　　绿腰
今古北邙山下路，黄尘老尽英雄...............47
　　　兰陵王入阵曲
曾见双鸾舞镜中，联飞接影对春风............61
　　　柘枝舞
天长地久有时尽，此恨绵绵无绝期............73
　　　霓裳羽衣舞
李白乘舟将欲行，忽闻岸上踏歌声............85
　　　踏歌
商女不知亡国恨，隔江犹唱后庭花............97
　　　玉树后庭花
乱入池中看不见，闻歌始觉有人来.........109
　　　采莲曲
看一声欸乃，落日收筒.............................127
　　　欸乃
借问人间愁寂意，伯牙弦绝已无声..........139
　　　高山流水

春江潮水连海平，海上明月共潮生..........149
　　春江花月夜

月转乌啼，画堂宫徵生离恨....................161
　　乌夜啼

何如一曲琵琶好，鸣镝无声五十年.........173
　　塞上曲

胡笳闻欲死，汉月望还生....................185
　　胡笳十八拍

谁家玉笛暗飞声................................199
　　笛子

彩云追月暗有情................................213
　　葫芦丝

琵琶弦上说相思................................229
　　琵琶

冷艳寒香腕底生................................243
　　古琴

来听纱窗侧阮声................................267
　　阮

几回花下坐吹箫................................281
　　箫

酣来自作青海舞,秋风吹落紫绮冠

青海波

据记载，李白当年豪饮数斗后，喜欢让家奴丹砂舞《青海波》，舞姿有些沉郁悲伤，舞完后，满堂不乐。但李白最喜欢这个舞蹈，兴之所至时常会亲自跳起，所以才有了这一曲谢安墓前的青海舞。《青海波》属大唐雅乐，后传入日本，于盛大宴会之际，由当时的第一贵公子帽簪鲜花跳起此舞。只见那眉目如画的公子舞姿高雅蹁跹，风光无限。而中国已鲜有关于此舞的记载。此舞应是模仿波浪之状的舞蹈，既可观赏又可自娱自乐，为文人雅士所喜爱。

725年，南京东山上，一座荒烟蔓草的坟墓前，诗人李白正翩翩起舞，他跳的舞蹈，中国早已失传，唯日本的《源氏物语》里记下了它的风姿：

> 高高的红叶林荫下，四十名乐人绕成圆阵。嘹亮的笛声响彻云霄，美不可言。和着松风之声，宛如深山中狂飙的咆哮。红叶缤纷，随风飞舞。《青海波》舞人源氏中将的辉煌姿态出现于其间，美丽之极，令人惊恐！插在源氏中将冠上的红叶，尽行散落了，仿佛是比不过源氏中将的美貌而退避三舍的。左大将便在御前庭中采些菊花，替他插在冠上。其时日色渐暮，天公仿佛体会人意，洒下一阵极细的微雨来。源氏中将的秀丽的姿态中，添了经霜增艳的各色菊花的美饰，今天大显身手，于舞罢退出时重又折回，另演新姿，使观者感动得不寒而栗，几疑此非人世间现象。无知无识的平民，也都麇集在树旁、岩下，夹杂在山木的落叶之中，观赏舞乐；其中略解情趣的人，也都感动流泪。[1]

这舞蹈美得像天女散花，只因舞蹈的公子正是最美时。诗人李白此刻跳的就是这样一曲《青海波》。这动静之间有种让人屏住呼吸的美的舞蹈，是李白献给一个人——他的偶像谢安的。

谢安，东晋名士，多次拒官不仕，隐居于浙江上虞东山。他的隐居很奢华，养

---

[1] [日]紫式部：《源式物语》，丰子恺译，人民文学出版社1980年版，第156页。

诗说中国  乐舞卷

4

〔明〕郭诩《东山携妓图》

了一些艺伎，常常携她们逸情于山水。当谢氏家族朝堂无人时，他"东山再起"，出任东晋高位。走出东山二十三年后，他在淝水之战远程指挥东晋八万兵士打败了苻坚领导的号称百万的前秦军队。当捷报送到时，他正与客人下棋。看完捷报，他便放在一旁，面无喜色，客人憋不住问他，他淡淡地说："小儿辈遂已破贼。"等送走客人，回来过门槛的时候，谢安才抑制不住心头的喜悦，兴奋得把木屐底上的屐齿碰断了都不知道。

谢安在历史上留下了诸多耳熟能详的成语典故。譬如他走出东山入仕时的"东山再起"，他去见领导桓温发现东晋大臣郗超藏在帐后，便笑说："郗生可谓入幕之宾。"淝水之战时，苻坚望着山上草木而惊吓到觉得"草木皆兵"，逃跑的时候听见"风声鹤唳"，都以为是晋军。还有，他听到胜利的消息高兴得"谢安折屐"。东晋大将桓子野每逢听到别人清歌，总是帮腔呼一声"奈何！"，谢安听见了，说："子野可谓一往情深。"

谢安传奇的一生，成了此后文人最向往的一种人生。退可居江湖，安逸地享受奢华的人生；进可功成名就，拥有波澜壮阔的人生。无论处在哪种境地，他都不曾失去内心的高贵，在官场周旋也不失自我的尊严，凭借着他的人格魅力使东晋走出了困境，重获了生机。

谢安去世后，葬于建康东山（在今南京市东南隅的梅岗附近）。他出任东晋宰相时命人用土堆垒成一个小山头，他称之为小东山，用以怀念他隐居的东山。而此刻，李白带着艺伎在这里，在他的墓前，为他舞起一场男人的舞蹈《青海波》。这是在向偶像致敬，也是在打通与偶像相交的一个灵魂通道，犹如祭神一般，通过舞蹈，引谢安的灵魂归来，归来欣赏这位叫作李白的诗人的《青海波》。

他身姿端庄高雅，他吐气如兰，他丰神如玉，他的动作与动作之间犹如刀削斧劈般干净利落、坚硬纯粹，就像波浪的起伏——如此高贵的舞蹈，如世间荣耀的象征。

这样优雅的舞蹈，是一个诗人献给一个偶像、一个贵公子的舞蹈，所以它高贵、华丽，它妙相庄严，它威光赫奕。

舞着，舞着，本携着歌伎嘻嘻哈哈欢喜而来的李白突然悲伤起来，因为这茫茫世间，已再无这贵公子，再也不能"今夕何夕？见此粲者"（《诗经·绸缪》）了。李白悲伤地唱出了一曲《东山吟》：

携妓东土山，怅然悲谢安。
我妓今朝如花月，他妓孤坟荒草寒。
白鸡梦[1]后三百岁，洒酒浇君同所欢。
酣来自作青海舞，秋风吹落紫绮冠。
彼亦一时，此亦一时，浩浩洪流之咏何必奇？

我带着美丽的歌伎来到东山上，站在谢安的墓前，心中突然怅然悲伤起

[1] 《晋书·谢安传》：（安）自以本志不遂，深自慨失，因怅然谓所亲曰："昔桓温在时，吾常惧不全。忽梦乘温舆行十六里见一白鸡而止。乘温舆者，代其位也。十六里，至今十六年矣。白鸡主酉，今太岁在酉，吾病殆不起乎！"……寻薨，时年六十六。

来：今日我身边的美伎如花如月，而你的美伎早成了荒烟蔓草里的一抔寒土。自从你梦见白鸡后去世已有三百年，我来到你的墓前以酒泼洒，与你痛饮同欢。喝到酒酣时让我为你跳一段《青海波》吧，任秋风吹落我的紫丝冠。你的那个时代已经过去了，这个时代也会过去，此刻，"逝者如斯"的感叹已不值得我惊叹了。

　　时间滚过了谢安的那个时代，覆盖了一个个时代的光辉灿烂者，时间滚滚来到这个时代有什么意义呢？时间去到东晋，遇见了谢安，那么时间来到此刻，这个年轻的书生在东山坟前舞一曲《青海波》的时刻，是为了遇见大唐最粲然可观者——一个叫作李白的诗人。

　　此时的李白二十五岁，刚刚辞亲远游，意气风发地仗剑去国。在来到东山之前，李白已经写出了"日照香炉生紫烟，遥看瀑布挂前川。飞流直下三千尺，疑是银河落九天"的《望庐山瀑布》。以这首神识超迈、震烁古今的诗歌大张旗鼓地开场，李白扯下银河从九天落下，打开了自己诗意人生的幕布，踏上诗歌这耀眼夺目的舞台，迎着太阳这盏灿烂辉煌的闪光灯，向世界宣告：我来了！

　　但是此刻在谢安墓前起舞的李白，尚看不到自己的光芒，他正期待着唐明皇能照亮自己的人生，让他能像谢安一样熠熠生辉。

　　李白曾登上南京城的谢安墩，当年谢安与王羲之曾登临此地。李白登临此地，追寻偶像的精神，并颇有感触地写下了《登金陵冶城西北谢安墩》：

晋室昔横溃，永嘉遂南奔。
沙尘何茫茫，龙虎斗朝昏。
胡马风汉草，天骄蹙中原。
哲匠感颓运，云鹏忽飞翻。
组练照楚国，旌旗连海门。
西秦百万众，戈甲如云屯。
投鞭可填江，一扫不足论。
皇运有返正，丑虏无遗魂。
谈笑遏横流，苍生望斯存。
冶城访古迹，犹有谢安墩。
凭览周地险，高标绝人喧。
想像东山姿，缅怀右军言。
梧桐识嘉树，蕙草留芳根。
白鹭映春洲，青龙见朝暾。
地古云物在，台倾禾黍繁。
我来酌清波，于此树名园。
功成拂衣去，归入武陵源。

诗里饱含热情地歌颂了谢安的一生。谢安的一生，既显赫非凡，又清雅安详；既重权在握，又飘逸洒脱；既物质富有，又精神高贵；既享乐当世，又留名青史。李白是多么渴望拥有像谢安那样的人生啊。

所以，李白有模有样地学着谢安，他想像谢安一样："安石在东山，无心济天下。一起振横流，功成复潇洒。大贤有卷舒，季叶轻风雅。"（《赠常侍御》）他想要学谢安"长风破浪会有时，直挂云帆济沧海"（《行路难》）那样轰轰烈烈地入仕，然后潇潇洒洒地"功成拂衣去，归入武陵源"。为了实现这个功成身退，李白孜孜追逐着红尘名利的萤火，而懵然不知他自己就是大唐璀璨的星火。

李白追星追得很彻底，偶像是他一生的楷模——就连找艺伎他也模仿谢安。在金陵城东，偷偷听到不知谁家的女儿在碧纱窗里弹出悠扬的琴声，李白觉得她就像天上的一片落花，跟人来到了西江水。用吴侬软语唱着那楚歌，声娇字不正，但就在这似能非能间让人觉得最是有情。所以，李白情不自禁要学谢安邀请他那东山艺伎，一起携手去林泉间畅游：

金陵城东谁家子，窃听琴声碧窗里。
落花一片天上来，随人直渡西江水。
楚歌吴语娇不成，似能未能最有情。
谢公正要东山妓，携手林泉处处行。

《示金陵子》

李白带着这美丽的金陵子，就想象着自己像谢安一样"傲然携妓出风尘"（《出妓金陵子呈卢六四首》）。

〔清〕苏六朋 《清平调图》

李白看着自己身边这些美丽的金陵子，恍惚中觉得自己就是谢安。于是他携伎晃荡到了谢安的坟前，想让谢安一起欣赏自己这些美丽的金陵子。

可是金陵子歌舞了一场又一场，那浮世的繁华却让李白更加寂寞了——这金陵子再美如那东山伎，这世间却无人再是那谢安了。东山伎可以回来，谢安却是再也回不到这个时代了。醉意朦胧间，李白情不自禁舞起来了，跳起了那高贵的《青海波》。跳着跳着，他突然感应到了，那东山公子站在遥远的时光之外，含笑看着自己，他的光华照亮了李白心中的悲伤——你的风流尚在，可是我们之间却隔了三百年时光，三百年茫茫苍苍的一条时间的大河，让我学尽了你的风骨，却得不到你的人生。

是的，这个时代已经没有能让谢安东山再起的桓温，因他累请，才让谢安为苍生而一起。这个时代只有唐明皇，将李白这只大鹏，豢养成了一只鹦鹉。当李白终于如其所愿，来到了长安的翰林院里，他以为他抵达了人生的巅峰，却发现原来这才是一处低谷，四周高山耸立，困囿着他飞翔的翅膀。他那黼黻文采只能收敛着，搜肠刮肚去苦想能让君主欢心的词语，他高傲的心灵只能自缚在笼里做一只温顺的老虎。他多么想要为他的梦想找到它的凤凰台，张开翅膀，他多么想要他的文采再驰骋在风声猎猎的江山，所以他又携一支笔回到了他的山河，尽情指点他自己的江山。

从大唐最繁华的宫殿告辞而出的李白知道，不会再有谢安了，因为那个时代不会再有了。每一个时代的特色就是人物画的背景色。谢安的那个时代，浓墨喷溅的风起云涌造就了一场旷世的风云际会，才突出了一个个传奇人物叱咤风云的英姿、风流倜傥的仙姿；大唐的这个时代，粲花写的是诗，不是东晋的笔记小说《世说新语》。镂金错彩的是诗人的文笔，光风霁月的是诗人的胸怀，骖风驷霞的是诗人的向往，沐雨栉风的是诗人的身影，于是大唐天下的诗人斐然成风，篇篇多姿多彩多情多义多感多叹多悲多欢的诗篇织就了一个繁花似锦的诗意的时代。

李白以为自己是被贬谪人间的神仙，是屠龙刀，上天就是要让他在人间大有作为，可是在醉酒的刹那四处寻龙而不得时他才明白，他来到此间人世，就是要"人生得意须尽欢，莫使金樽空对月"（《将进酒》）。其实，上天把他流放到人间，不是要让他建功立业，而是要让他赏鉴大好江山、体味人间盛世，然后成为一个诗人，以诗意的韵味描绘他走过的千山万水与跋涉过的千姿百态的人间。

他做到了。

在大唐的时代，他没有持戈做成谢安，他携笔做成了他自己——李白！

而这些是此刻翩翩舞起《青海波》的年轻的李白不知道的，他忘我地舞着、舞着，一心只想博那在红尘彼岸的偶像东山公子的赞赏。那东山公子看见了他身后夺目的光华，手轻轻一抚，抚掉了他的紫绮冠。李白的青丝散下来，这才是一个诗人，没有红尘名利的羁束，没有蝇营狗苟的追逐，只有一个诗人的风流潇洒，只有一个诗人内心那光风霁月的太虚真境，那鸟语花香的无尽生机……

昔有佳人公孙氏，一舞剑器动四方

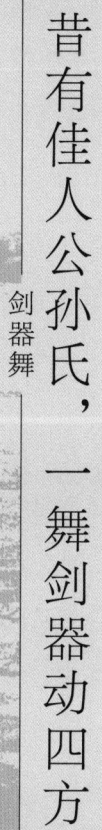

剑器舞

《剑器舞》由民间武术发展而来，是唐代著名的健舞。舞姿磅礴大气，刚健英武，观者震撼，让诗人叹为观止而为它写下许多诗篇，杜甫的诗更是让这个舞遗世而独立。后来，此舞还由独舞演变成表现实战的男子群舞，宋代又变成宫廷队舞，以大曲形式表演关于汉鸿门宴和唐公孙大娘的剑舞。《剑器舞》在宋时传入朝鲜，由四位舞者各执两把形如刀的武器，两两相对挥舞对击，而中国渐渐失传。

715年，一个四岁的孩童挤在河南郾城的人堆里，惊奇地看着一个女子舞蹈。舞蹈浏漓顿挫，"观者如山色沮丧，天地为之久低昂。㸌如羿射九日落，矫如群帝骖龙翔。来如雷霆收震怒，罢如江海凝清光"。一曲舞罢，四岁孩童懵懵懂懂的心从此忘不了这个叫作《剑器舞》的舞蹈。

后来，这个叫杜甫的孩童长大了，见识多了，才知道那个叫公孙大娘的舞者是当时那个年代唯一会跳这个舞蹈的舞女。从他四岁那年她在他面前闪耀的那一刹那起，他就记住了《剑器舞》，记了一辈子。她惊艳了他的懵懂岁月，让他在少不更事的时候就遇见了她的传奇。他以为在那辉煌的皇宫里，在全国最专业的舞者聚集的梨园里，会有更多的人跳起这《剑器舞》。长大后他才知道原来皇宫内外，没有人再能舞起这《剑器舞》了。

于是，他把公孙大娘的传奇埋在了心里，那只是儿时的一场惊艳，过去了，风云不会再际会，也就不会再有故事。一个孩童跟一个艳光四射的舞女能有什么交集呢？

767年，经历了唐朝最亮丽的岁月，正一步步走向它的颓败里的杜甫，不期然之间，竟再次与这个舞蹈相逢！

那一天，漂泊了许久的杜甫来到白帝城夔府别驾元持家里，看了一场临颍李十二娘跳的舞蹈。他依稀看到当年那深深刻在自己脑海里的《剑器舞》又穿越时空回来了。他惊讶了，连忙问那个已经不再年轻的舞者是跟谁学的，那个女子说她的师傅是公孙大娘。

杜甫震惊了，目光穿回五十多年前，那个时候他还是个稚嫩的幼儿，公孙大娘尚年轻。如今，那个垂髫小儿已经成了白发苍苍的老人，而眼前跳舞的人也早换了，只有舞蹈还是以前那个惊艳了他一生的《剑器舞》。似水年华静静地流淌到此时，当年那一股激荡在内心的清风再归来，风行水上，涣为文章。于是，五十多年后的杜甫，终为此舞写下了诗歌《观公孙大娘弟子舞剑器行》：

昔有佳人公孙氏，一舞剑器动四方。
观者如山色沮丧，天地为之久低昂。
㸌如羿射九日落，矫如群帝骖龙翔。
来如雷霆收震怒，罢如江海凝清光。
绛唇珠袖两寂寞，晚有弟子传芬芳。
临颍美人在白帝，妙舞此曲神扬扬。
与余问答既有以，感时抚事增惋伤。
先帝侍女八千人，公孙剑器初第一。
五十年间似反掌，风尘澒洞昏王室。
梨园弟子散如烟，女乐余姿映寒日。
金粟堆南木已拱，瞿塘石城草萧瑟。
玳筵急管曲复终，乐极哀来月东出。
老夫不知其所往，足茧荒山转愁疾。

乐舞蹁跹　昔有佳人公孙氏，一舞剑器动四方

〔清〕任颐　《公孙大娘舞剑图》

一个舞蹈等了五十多年，终于等到那个垂髫小儿长大了，看着他打马穿过繁花、烟柳，穿过人世的悲欢、时代的无常，穿过大唐繁花似锦的时光，来到大唐衣衫褴褛的时代，也终于来到了他为自己写诗的时候。这一生，等到此时，穷困潦倒的诗人胸中的块垒已积压成山，只等风云际会的这一刻在电闪雷鸣中崩塌。

当年那惊世的舞者在孩提的诗人面前起舞，让诗人隔了五十多年时光，仍然记得当时看这舞蹈时的人山人海，大家被这舞惊得颜面失色，天地也为她起伏低昂。其剑光闪烁如后羿射落九日，矫捷似天神驾龙飞翔，起舞时剑势如雷霆大发，收舞时平静如江海凝聚波光。如今鲜红的嘴唇、绰约的舞姿都已逝去，只有从她弟子的舞蹈中还可以看到她舞蹈的遗风。

在这个已不年轻的弟子身上，杜甫寻找着往日自己亲见的传奇的痕迹，找着找着，诗人突然大痛——时间哪去了？舞蹈还在，我还在，可是我的岁月不见了，这个时代最好的时光也不见了。

五十多年的光阴倏忽而过，皇室昏聩，硝烟弥漫。梨园弟子，一个个烟消云散，此刻只有李氏的舞姿，映照在冬日里，透出余光。金粟山上玄宗墓前的树木，已经可以合抱，而此刻瞿塘峡白帝城里，草木萧瑟。此时奢华宴席里又一曲急管终了，看着明月从东山升起，诗人的心乐极生悲，重逢的短暂快乐已被心中的凄惶覆盖，诗人独自站在这个荒乱时代，茫茫然不知该往何处去，他一步步走在这乱世里，越走心中越凄凉。这就是"国破山河在，城春草木深。感时花溅泪，恨别鸟惊心"（杜甫《春望》）。

一个葡萄美酒夜光杯的时代摔碎了，那夜光杯拾掇不起来了，那酒洒出去的美酒也收不回来了，一个时代破碎了，就永远地碎了。诗人被这个破碎的时代推着跌跌撞撞往前走，感觉到了巨大的无力感。他想做些什么，但螳臂挡不了车，只能眼睁睁看着那曾经美好的大唐随巨大的时代车轮滑入泥潭再也走不出来。

一个属于公孙大娘的时代过去了，一个拥有《剑器舞》的时代过去了，一个中国历史上繁盛的时代也过去了。美好时光的金沙玉屑就这么从自己指尖滑走，而自己除了如寒蝉鸣泣般悲恸外无能为力，这才是他此刻最大最无奈的悲恸！

一出诗人眼里的《剑器舞》，让我们看到了大唐的美是一种亦刚亦柔的美，就像一树木棉花一般，有火红的花朵，也有健硕的枝骨，才呈现出大气磅礴之美。因为唐朝重武轻文，武将的地位要高过文官。从初唐到盛唐，唐朝边界始终遭受各少数民族的侵犯，西有吐蕃、北有突厥、东北有契丹，所以战争是这个盛世之朝避免不了的。在战士剑戟的护卫之下，唐朝才拥有那夜夜笙歌。

这个时候，朝廷不仅要派军队去作战，还要派一批文官随军掌管文牍事务，于是，一大批诗人就有了去边塞参战的机会。这些文弱的书生，接触到那些"虎髯拔剑欲成梦"（温庭筠《湖阴词》）、"杀身为君君不闻"（王宏《从军行》）的守边将士，也提笔成剑，吐出一口豪气，成就了一篇篇豪情万丈的边塞诗——"但使龙城飞将在，不教胡马度阴山"（王昌龄《出塞》）、"黄沙百战穿金甲，不破楼兰终不还"（王昌龄《从军行七首》其四）、"醉卧沙场君莫笑，古来征战几人回"（王翰《凉州词》）……

三十六岁的诗人王维去慰问边防官兵，然后留任河西节度使幕府判官。这个心有一片辋川净土的书生也情不自禁"试拂铁衣如雪色，聊持宝剑动星文"（《老将行》），写下壮志飞扬的《燕支行》："画戟雕戈白日寒，连旗大旆黄尘没。叠鼓遥翻瀚海波，鸣笳乱动天山月。麒麟锦带佩吴钩，飒沓青骊跃紫骝。拔剑已断天骄臂，归鞍共饮月支头。"就是后半生痛恨战争的杜甫也曾写过这样刚烈的诗："射人先射马，擒贼先擒王"（《前出塞》），"拔剑击大荒，日收胡马群"（《后出塞》）。

大唐的盛世乃因从上到下、从战士到诗人，都有一颗警醒的心，才筑成了一道坚固的防线，用他们的剑戟顶起了一朵朵硕大的文化的花朵。只有脊梁强硬，才有蔚为大观的文化。

而这种"少小虽非投笔吏，论功还欲请长缨"（祖咏《望蓟门》）、"愿得燕弓射天将，耻令越甲鸣吾君。莫嫌旧日云中守，犹堪一战取功勋"（王维《老将行》）、"男儿仗剑酬恩在，未肯徒然过一生"（杜荀鹤《乱后宿南陵废寺寄沈明府》）的尚武精神，造就了"汉兵奋迅如霹雳，虏骑崩腾畏蒺藜"（王维《老将行》）的时代声势，影响了文化，也影响了舞蹈。

唐朝的舞蹈分为软舞和健舞。软舞，就是那些莺莺燕燕、柔美妩媚的舞蹈；而健舞，就是公孙大娘跳的这种风格健朗豪爽的舞蹈。男子善舞剑，而女子也可做木兰，所以才有一曲《剑器舞》，让公孙大娘这位唐朝开元盛世第一舞者，以一剑挥洒出大唐盛世的万千气象、磅礴气概。

公孙大娘在继承传统剑舞的基础上，创造了多种《剑器舞》，如《西河剑器》《剑器浑脱》等。她最擅长的《剑器舞》是《裴将军满堂势》。裴将军名裴旻，是唐玄宗时期掌管京师治安的金吾将军，曾西征吐蕃，北伐林胡，屡建军功，善舞剑。裴旻的母亲去世时，他请名画家吴道子在洛阳天宫寺为母亲画壁画超度亡魂。吴道子不肯接受酬金，只说："闻裴将军旧矣，为舞剑一曲，足以当惠，观其壮气，可助挥毫。"裴旻欣然为他舞剑，只见他"走马如飞，左旋右抽，掷剑入云，高数十丈，若电光下射，旻引手执鞘承之，剑透室而入。观者数千人，无不惊栗"。吴道子叹为观止，遂有若神助，完成了壁画。

裴旻被称为"剑圣"，与李白的诗、张旭的草书并称大唐"三绝"。裴旻的剑舞成了当时的标杆，而公孙大娘能跳出一曲《裴将军满堂势》，舞技"冠绝于时"。从"满堂势"的称谓来看，此剑舞表演时当满场飞舞，惊心动魄，蔚为壮观。

剑舞，不仅仅在大唐盛行。它一路从春秋时代飒爽舞来，子路拜见孔子，曾着戎装拔剑起舞，向孔子致敬。而楚汉相争时，著名的鸿门宴上，项羽的堂弟项庄要求："君王与沛公饮，军中无以为乐，请以剑舞。"以一曲剑舞意欲谋杀刘邦。而反对杀死刘邦的项羽的叔父项伯也当即以剑伴舞，阻止了这场刺杀，扭转了楚汉相争乃至整个中国历史的局面，为中国迎来了一个强盛的大一统帝国。

裴将军在画家面前舞剑，成就了一幅画；而另一个将军在李白面前舞剑，则成就了一首豪气冲天的诗——《司马将军歌》：

狂风吹古月，窃弄章华台。
北落明星动光彩，南征猛将如云雷。
手中电曳倚天剑，直斩长鲸海水开。
我见楼船壮心目，颇似龙骧下三蜀。
扬兵习战张虎旗，江中白浪如银屋。
身居玉帐临河魁，紫髯若戟冠崔嵬。
细柳开营揖天子，始知灞上为婴孩。
羌笛横吹《阿䶢回》，向月楼中吹《落梅》。
将军自起舞长剑，壮士呼声动九垓。
功成献凯见明主，丹青画像麒麟台。

此刻，李白站在高高的章华台上，觉得自己几乎可在此玩弄明月。从高处望下去，北方明亮的星星照耀着南征的猛将。他手曳闪电做那倚天剑，直斩长鲸，劈开海水。那气势壮阔的兵家楼船，让李白恍若看见当年西晋大将王濬的战舰浩浩荡荡直下三蜀。只见扬兵习战，虎旗大张，江中白浪翻滚如银屋。那坐帐指挥的满脸紫髯如戟高耸的将军，让李白想起了周亚夫的细柳军朝拜天子。此时李白也壮志凌云，兴奋不已，骄傲地觉得那灞上敌军简直如婴孩一般。当那羌笛横吹起乐曲《阿䶢回》，向月楼中吹响那《落梅》曲。将军站起挥舞长剑，李白只听见那壮士的呼声惊天动地、排山倒海……

《剑器舞》在大唐还曾被改编成男子群舞,舞蹈者持火炬、旗帜等,模拟战场,列阵战斗,场面非常壮观。姚合的《剑器词》三首展现了这个舞蹈的恢宏壮丽:

圣朝能用将,破敌速如神。
插剑龙缠臂,开旗火满身。
积尸川没岸,流血野无尘。
今日当场舞,须知是战人。

夜渡黄河水,将军险用师。
雪光偏着甲,风力不禁旗。
阵变龙蛇活,军雄鼓角知。
今朝重起舞,记得战酣时。

破虏行千里,三军意气粗。
展旗遮日黑,驱马饮河枯。
邻境求兵略,皇恩索阵图。
元和太平乐,自古恐应无。

这样大气磅礴的《剑器舞》,何止"自古恐应无",此后也不会再有。

在宋朝以前，汉民族一直是个带剑的民族，后来宋太祖看到唐朝因武将强大而致藩镇割据，最后灭亡，就杯酒释兵权。这一释就把中国人的佩剑变成了簪笔，就把中国人从汉以来那种"犯强汉者，虽远必诛"、"愿将腰下剑，直为斩楼兰"（李白《塞下曲》）、"安得倚天剑，跨海斩长鲸"（李白《临江王节士歌》）的自豪自强的民族自信心消释了，曾支撑着中国文化巍然成长的树枝化成了柔弱的花枝，开出了一个沉浸在花间词里的时代，亦是繁花似锦，只是容易被风吹雨打了去，容易让人悲叹"春花秋月何时了""故国不堪回首月明中"（李煜《虞美人》）。失去了那脊梁骨，就容易让人"直把杭州作汴州"（林升《题临安邸》），让人"甘心万里为降虏"（赵佶《思断肠》共二）。而不是"虎髯拔剑欲成梦，日压贼营如血鲜"（温庭筠《湖阴词》）、"苦战沙间卧箭痕，戍楼闲上望星文"（沈彬《入塞曲》）。

宋朝一开始也有剑舞，宋太宗的时候还"选诸军壮士数百，教以舞剑，皆能掷剑空中，跃其身左右承之，妙绝无比。会北戎遣使修贡，赐宴便殿，因出剑士示之，袒裼鼓噪，挥刃而入，跳掷承接，霜锋雪刃，飞舞满空"（唐顺之《武编》）。但是后来，随着宋朝统治者重文轻武，剑舞就不再流行，宋朝人把它做成了戏剧。宋朝词人史浩就在其《鄮峰真隐漫录》中记录过这样一出《剑舞》：

二舞者对厅立裀上。竹竿子勾，念：
…………
乐部唱曲子，作舞《剑器曲破》一段。舞罢，二人分立两边。别二人汉装者出，对坐。桌上设酒果。竹竿子念：

"伏以断蛇大泽，逐鹿中原。佩赤帝之真符，接苍姬之正统。皇威既振，天命有归。量势虽盛于重瞳，度德难胜于隆准。鸿门设会，亚父输谋。徒矜起舞之雄姿，厥有解纷之壮士。想当时之贾勇，激烈飞扬；宜后世之效颦，回旋宛转。双鸾奏技，四座腾欢。"

乐部唱曲子，舞《剑器曲破》一段。一人左立者上裀舞，有欲刺右汉装者之势。又一人舞进前翼蔽之。舞罢，两舞者并退。汉装者亦退。复有两人唐装出，对坐，桌上设笔、砚、纸，舞者一人换妇人装，立裀上。竹竿子念：

"伏以云鬟耸苍壁，雾縠罩香肌。袖翻紫电以连轩，手握青蛇而的皪，花影下游龙自跃，锦裀上跄凤来仪，逸态横生，瑰姿谲起。倾此入神之技，诚为骇目之观。巴女心惊，燕姬色沮。岂唯张长史草书大进，抑亦杜工部丽句新成。称妙一时，流芳万古。宜呈雅态，以洽浓欢。"

乐部唱曲子，舞《剑器曲破》一段，作龙蛇蜿蜒曼舞之势。两人唐装者起。二舞者，一男一女，对舞，结《剑器曲破》彻。竹竿子念：

"项伯有功扶帝业，大娘驰誉满文场。合兹二妙甚奇特，欲使嘉宾醺一觞。爆如羿射九日落，矫如群帝骖龙翔。来如雷霆收震怒，罢如江海凝清光。歌舞既终，相将好去。"

念了，二舞者出队。

诗说中国　乐舞卷

26

〔初唐〕敦煌莫高窟二三零窟北壁　舞伎头戴尖顶宝冠，着「锦半臂」穿「石榴裙」。服装的样式与花纹，使人有美化的盔甲武装的感觉。这舞伎虽不是舞剑，但使人想起唐代著名舞伎公孙大娘舞《剑器》时所穿的美化的军装。

戏里演了鸿门宴，演了杜甫看公孙大娘剑舞的故事，都是别的朝代的故事，没有宋朝自己的角色。在剑舞这一慷慨激昂的舞蹈里，宋朝缺位了，宋朝人把它当成了戏，自己在戏里梦想着别人的梦想，悲叹着自己骨感的现实。

在唐朝，"洛生闲咏正抽毫，忽傍旌旗着战袍"，于是"橄下连营皆破胆，剑离孤匣欲吹毛"（陆龟蒙《奉和袭美寄滑州李副使员外》）；在宋朝，"靖康耻，犹未雪；臣子恨，何时灭？"（岳飞《满江红》）只能"可怜白发生"（辛弃疾《破阵子·为陈同甫赋壮词以寄》）。善于舞剑的将领终究冤死于手无缚鸡之力的书生之手，那岳飞、那杨家将，最后都以悲剧收场。富饶的宋朝最终灭于外敌。

一曲《剑器舞》的兴盛，一个民族的豪情也直挂云帆济沧海；一曲《剑器舞》的式微，一个民族的希望也只能"空心想此缘成梦，拔剑灯前一夜行"（张祜《酬凌秀才惠枕》）。

跟着宋人的目光，我们再回到大唐王朝的开元盛世。在看公孙大娘的《剑器舞》时那人山人海的观众里，除了杜甫那小小的身影外，还有一个人。他痴痴地望着，望着，从那能使孤蓬自振、惊沙坐飞的舞蹈里，他望见了另一种舞蹈之美："观夫悬针垂露之异，奔雷坠石之奇，鸿飞兽骇之资，鸾舞蛇惊之态，绝岸颓峰之势，临危据槁之形；或重若崩云，或轻如蝉翼；导之则泉注，顿之则山安；纤纤乎似初月之出天涯，落落乎犹众星之列河汉。"（孙过庭《书谱》）后来，他成了草书大家。他就是张旭。

跳剑舞的裴旻是剑圣，而看舞蹈的杜甫、张旭成了诗圣、草圣。一曲《剑器舞》，挑起了大唐王朝三个灿烂的金冠，闪耀在中华文明的历史长空……

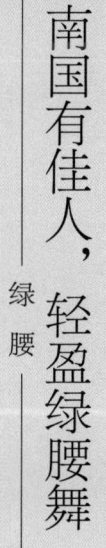

南国有佳人，轻盈绿腰舞

绿 腰

《绿腰》，唐代创制的舞蹈，一人独舞，以舞袖为主；节奏由慢到快，舞姿轻盈柔美；曲调也深受欢迎，流传很广，到了宋朝更是盛行，宋人杂剧有很多用其曲调。唐宋诗人都极喜欢这个舞蹈，因而留下许多首诗，同时，它也以显著的舞蹈特征出现在传世名画和壁画之中。

南唐的一个夜晚,金陵的上空星光闪烁,照着一座辉煌的府邸,府邸里一个叫王屋山的舞姬,正轻舞着一曲《绿腰》。

>  南国有佳人,轻盈绿腰舞。
>  华筵九秋暮,飞袂拂云雨。
>  翩如兰苕翠,婉若游龙举。
>  越艳罢前溪,吴姬停白纻。
>  慢态不能穷,繁姿曲向终。
>  低回莲破浪,凌乱雪萦风。
>  坠珥时流盼,修裾欲溯空。
>  唯愁捉不住,飞去逐惊鸿。
>
>  《长沙九日登东楼观舞》其一

这是唐朝诗人李群玉看过《绿腰》舞后写的观后感。这舞《绿腰》的舞者,在诗人眼里翩然如兰亭亭玉立;飞起的舞袖如拂云雨,婉转如游龙轻升,舒慢的姿态婀娜无穷,繁复多姿轻舞至曲终。低回处如莲花破浪出,纷乱时如雪花飞舞于风中。让诗人几欲担心不抓住她,她便乘风而去,追逐那惊飞的鸿鸟去了。

《绿腰》也称《录要》《六幺》等,为女子独舞,节奏由慢到快,舞姿轻盈柔美。唐贞元年间,乐工献给唐德宗一首曲子,唐德宗非常喜爱,但又嫌此曲太长,便命乐工将曲中最精彩的部分选出来,即"录出要者,因以为名",

成为《录要》，后来大概因为这个名称实在配不上此舞之婀娜，故改为《绿腰》这妩媚之名。因为此曲拍无过六字，又称《六幺》。

宋朝的一次宴会上，欧阳修曾痴痴看着一个舞女舞起《绿腰》，痴迷得酒杯快滑落了都不自知。一曲舞完，他看那女子飞舞的绿裙带垂下，脸上因酒意而泛起腮红一抹。每一个细节他都贪恋地看着，因为第二天早上他就要离开此地，从此江湖浩渺，烟水茫茫，如此人间良辰美景，再也不会相遇了。所以他怕错过这分分秒秒的美丽，要记住此时此刻最美的时光，以后惆怅美色不在时，也能在心中再忆起此间的风月。他为此写下一首《玉楼春》："西湖南北烟波阔，风里丝簧声韵咽。舞余裙带绿双垂，酒入香腮红一抹。　杯深不觉琉璃滑，贪看六幺花十八。明朝车马各西东，惆怅画桥风与月。""六幺花十八"是《六幺》曲中的一叠，前后十八拍故名"花十八"。

而南唐的这个夜晚，王屋山也深情地望着那个宠爱她的男子舞着。他叫韩熙载，是这个时代的显赫人物，显赫到南唐后主李煜要重用他为宰相，故派了一个画家来窥探他的私生活，借以考察他的品性。但是此刻韩熙载明知有君主的人在场，却放荡不羁地挽起双袖、手抓鼓槌为心爱的舞姬击鼓伴舞，而王屋山踏着他为自己奏出的深情的鼓点，步步成情，四目对视间，那脉脉秋波载情以来，乘情而去。如此多情之舞，让一旁的僧人李德明都不敢再看舞蹈，眼光撇开了去，只敢盯着咚咚起伏的鼓面。

此刻，在这个末世时代里，宰相之位早成了浮云，唯有夜夜笙歌才是对仅有的人生的珍惜。韩熙载曾对德明和尚吐露心声："中原常虎视于此，一旦真

主出，江南弃甲不暇，吾不能为千古笑端。"（何良俊《语林》）所以韩熙载要抓住这人生最后最美好的一段时光，好好地享乐，好好地爱此间的人世。

而舞者王屋山，用一曲《绿腰》与他好好享受这末世之欢。

时光短暂，所以万般珍惜，因为他们知道跟世间所有的美好一样，此刻华美人生终会消散在滚滚而逝的时光里。但是他们毫不知情，他们是世间最幸运的舞者和观舞者，千载难逢，有一个画家来到他们最美好的时光里，将这最美的时光定格，于是此刻顿成亘古。再也不会有比他们这美好的时光更久远的了，即使他们早散尽了形骸，却真的把这稍纵即逝的时间抓住了，牢牢地摁在了画卷上。时光可以暗淡这粉墨，却磨灭不了这一晚的光华，几千年过去，打开画卷，这一刻最美的时光依然熠熠生辉，照耀着南唐以后千秋万代的时空⋯⋯

这一夜人间的繁华早暗淡了那星光，王屋山一曲舞毕，星光为她冠冕。此时，她尚不知，因为一个叫顾闳中的画家，从此她和她的舞蹈永远留在人世里，千秋百代。

这个画家，被她曲折腰身一个飞袂的风情惊艳了，于是将她留在了自己的画里。他闯入这个宴会，本是受南唐后主李煜所派，以一个不光彩的窥探者的身份而来。李煜是个浪漫的艺术家，派人考察干部，却派来一个画家。其实考察一个干部，不需要牛鼎烹鸡，大材小用，让一个宫廷御用画家花这么大的功夫浓墨重彩画下来。也许韩府的歌舞，早让李煜想要见识一番，无奈皇帝之身让他无法微服私访，所以才会想要找一个画家帮他画下来，看画的时候自己也似身临其境，一起饕餮这南唐华丽的盛宴。

韩熙载只知道李煜的人已经来了，他的一举一动已在李煜的监视之下，未来的荣辱全在这一晚，但却不知道监视他的那个人是谁。所以整个夜晚他都心不在焉，郁郁寡欢，与整幅画的狂欢格格不入，仿佛置身于这浮世的繁华之外，唯有在王屋山的一曲《绿腰》里，他才借着击鼓将自己胸中的块垒击碎。

当年韩熙载因为父亲卷入兵变被杀，不得不逃离中原投奔吴国，当时南唐烈祖李昪还没废掉吴国建立南唐，韩熙载还没遇到那个想要把他画入画的君主李煜。据说他跟朋友李谷在正阳分手时，他对李谷说吴如用他为相，他必将长驱以定中原；而李谷则说，中原如用他为相，他取吴国必如探囊取物。后来李谷果然被周世宗拜为相，取了南唐的淮南之地；而韩熙载所在的南唐，却最终被灭了国，但他却因此成就了一幅画而名垂千古。有时候历史不是用显微镜去看一时一刻的成败，而是要用望远镜去看才能看到灿若繁星的人生价值。

韩熙载来到吴国后，跟当时的吴睿帝杨溥上了一封雕章缛彩的投名状，说皇帝需要的人才就该是这样："某闻钓巨鳌者，不投取鱼之饵；断长鲸者，非用割鸡之刀。是故有经邦治乱之才，可以践股肱辅弼之位。得之则佐时成绩，救万姓之焦熬；失之则遁世藏名，卧一山之苍翠。"而他自己就是这样的人才："运陈平之六奇，飞鲁连之一箭。场中勍敌，不攻而自立降旗；天下鸿儒，遥望而尽摧坚垒。横行四海，高步出群。"

多么狂妄的口气，但是年轻自傲的他一开始并没有得到重用，一直到他被派到太子李璟的身边，他的仕途才出现了转机。随着李璟继位，他的官位逐渐显赫起来。李璟去世，李煜继位，韩熙载则因旷达不羁、放纵声色，仕途又开始起起伏伏。而他年轻时的满腔豪情从南唐建立之初磨砺到南唐灭亡前夕，早磨成了劫灰。所以到李煜考虑让他做宰相的时候，他对此已经不感兴趣了。他知道这是个末世时代，对于他这样一个行将就木的老人，还有什么比好好享受当下美好的生活更有意义呢？所以他把每一个南唐的夜晚当作最后一夜来燃烧、绽放，来创造南唐遗世万年的辉煌。

这曲《绿腰》舞后不久，南唐灭亡，李煜做了亡国人，唱出了他的倾城之曲《虞美人》：

　　春花秋月何时了，往事知多少。小楼昨夜又东风，故国不堪回首月明中。　　雕阑玉砌应犹在，只是朱颜改。问君能有几多愁，恰似一江春水向东流。

978年，李煜被牵机药毒杀，惨烈死去。而韩熙载早在南唐灭亡前五年，就已在末世繁华中安然去世，他和他眼里的《绿腰》之舞永远被定格在了十大传世名画之一的《韩熙载夜宴图》里……

画里的《绿腰》留了下来，但舞蹈却消失了。舞蹈是最难传承的一种文化，人这一载体消失了，舞蹈也就很容易消失，就像是凭借花朵起舞的蝴蝶，花朵消失了，蝴蝶也会消失。但因为这个曲子非常好听，所以其《六幺》之曲流传得更广更久远。因此，有幸目睹这舞蹈的人不多，但听到此曲的诗人却很多。此曲以琵琶为主，能弹奏此曲的一般都是技艺高超的艺人。《乐府杂录》里讲了一个唐德宗年间宫廷乐手康昆仑与段善本赛琵琶的故事。

康昆仑善弹琵琶，被称作"长安第一手"。有一年长安大旱，皇帝号召东西两街市举行祈雨活动，于是东西两街就举办了一场音乐比赛。西街推出康昆仑弹一曲新翻羽调的《绿腰》，他们都以为无人能敌，东街必败。不料，一个女子抱琵琶而出说："我也弹《绿腰》曲，不过我移到枫香调上弹。"及下拨，声如雷，其妙入神。康昆仑大惊，拜请为师。女子换衣而出，原来是个僧人，叫段善本，东街凭此大胜。翌日，唐德宗召入，让段善本表演之后，也赞叹不已，令他教授康昆仑。段善本说："让康昆仑弹一调。"弹完后，段善本说其弹奏杂乱有邪声。昆仑惊叹说："段师神人也。臣少年，初学艺时，偶于邻舍女巫授一品弦调，后乃易数师。段师精鉴如此玄妙也！"段善本说，得让康昆仑十几年不弹琵琶，忘其本领，然后才能教。唐德宗同意了，后康昆仑果然尽得段之技艺。

大约795年，元稹在洛阳听了一曲《绿腰》，他被惊艳到了。那时元稹十七岁，正是个青葱少年，如细藤初上，对这个世界充满了幻想和憧憬。他这一惊，让那个叫管儿的艺人也受宠若惊，将平生所学倾囊以示。因为一曲《绿腰》，元稹爱上了这个女孩，正是青春好年华的两个人有了一段"游想慈恩杏园里，梦寐仁风花树前"（元稹《琵琶歌》）的恋情。从此，这个善弹《绿腰》的女子管儿，便让元稹一辈子念念不忘。十五年以后，官场失意的元稹再次来到洛阳访友李著作，又听到了管儿的《绿腰》，倍感唏嘘的他写下了一首《琵琶歌》：

> 琵琶宫调八十一，旋宫三调弹不出。
> 玄宗偏许贺怀智，段师此艺还相匹。
> 自后流传指拨衰，昆仑善才徒尔为。
> 顶声少得似雷吼，缠弦不敢弹羊皮。
> 人间奇事会相续，但有卞和无有玉。
> 段师弟子数十人，李家管儿称上足。
> 管儿不作供奉儿，抛在东都双鬓丝。
> 逢人便请送杯盏，着尽工夫人不知。
> 李家兄弟皆爱酒，我是酒徒为密友。
> 著作曾邀连夜宿，中碾春溪华新绿。
> 平明船载管儿行，尽日听弹无限曲。

曲名无限知者鲜，霓裳羽衣偏宛转。
凉州大遍最豪嘈，六幺散序多笼撚。
我闻此曲深赏奇，赏着奇处惊管儿。
管儿为我双泪垂，自弹此曲长自悲。
泪垂捍拨朱弦湿，冰泉呜咽流莺涩。
因兹弹作雨霖铃，风雨萧条鬼神泣。
一弹既罢又一弹，珠幢夜静风珊珊。
低回慢弄关山思，坐对燕然秋月寒。
月寒一声深殿磬，骤弹曲破音繁并。
百万金铃旋玉盘，醉客满船皆暂醒。
自兹听后六七年，管儿在洛我朝天。
游想慈恩杏园里，梦寐仁风花树前。
去年御史留东台，公私蹙促颜不开。
今春制狱正撩乱，昼夜推囚心似灰。
暂辍归时寻著作，著作南园花坼萼。
胭脂耀眼桃正红，雪片满溪梅已落。
是夕青春值三五，花枝向月云含吐。
著作施樽命管儿，管儿久别今方睹。
管儿还为弹六幺，六幺依旧声迢迢。
猿鸣雪岫来三峡，鹤唳晴空闻九霄。

逡巡弹得六幺彻，霜刀破竹无残节。
幽关鸦轧胡雁悲，断弦骤骚层冰裂。
我为含凄叹奇绝，许作长歌始终说。
…………

琵琶依旧，可是听《绿腰》的人再没有当年的意气风发。但是，最懂他的依旧是管儿，以一曲《绿腰》，将他胸中压抑的块垒激荡而出。让他听见"猿鸣雪岫来三峡"，听见"鹤唳晴空闻九霄"；让他一腔"幽关鸦轧胡雁悲"的悲愤如"霜刀破竹无残节"，如"断弦骤骚层冰裂"。元稹又重新展望起未来，劝管儿的徒弟好好学习，把师傅管儿的技艺发扬光大，而他颓败的梦想也在这种展望中得到了抚慰。

所以，听着管儿的琵琶，在仁风园里大醉之后的元稹笑了：

**胧明春月照花枝，花下音声是管儿。**

**却笑西京李员外，五更骑马趁朝时。**

《仁风李著作园醉后寄李十》

又十五年过去了，曾经登上仕途巅峰，在金銮殿上指点江山的元稹又被打落到谷底，再次被贬出他心心念念的长安。他来到了越州，恍惚想起三十年前青春年少的自己与管儿相遇，时光如白驹过隙，自己的梦想在一路的峥嵘岁月里驰骋、老去、衰竭。此刻，已近知天命之年，才发现自己手握的不是一把繁华，而是那年金风玉露一相逢的一场初恋的香屑，一把《绿腰》舞尽的粉黛，于是元稹写了一首《十七与君别》。可惜这首诗已佚，只有被这首诗打动到有些"嫉妒"的好友白居易写的和诗留下了——《和微之十七与君别及胧月花枝之咏》：

> 别时十七今头白，恼乱君心三十年。
> 垂老休吟花月句，恐君更结后身缘。

近五十年的人生，当年遇见的女子不见了，当年听过的一曲《绿腰》消失了，梦想也早已"沧海月明珠有泪，蓝田日暖玉生烟"（李商隐《锦瑟》）。沧海渡尽桑田种麻后，再回望自己的一生，曾经的繁华成空，唯有"此情可待成追忆，只是当时已惘然"（李商隐《锦瑟》）。一场让元稹一生追忆的初恋，不过是一曲《绿腰》的时间……

816年，江西九江的浔阳江边，荻花苍苍，枫叶彤彤，秋风瑟瑟。在这片如火如荼的风景中，白居易走来了，他下马停驻，送客人上船，举起送别的酒喝下去，心头涌上的却是凄凉之意。离别的话说了许久，欲归之时，看见月亮都已半浸江中。诗人正觉如画之景前，少一弦清音来拨动他的心曲，突然就听到一声琵琶从水上袭来，一举击中他的心城。那坚持了许久的金城，顿时倾塌，碎成一地劫灰。

诗人停下了欲归之心，客人停止了欲发之意，都静静地让自己漂泊的心栖停在这一丝弦之上，接受那强大的共鸣在自己的心脉上铮铮作响。

白居易听到了京城之声，京城那鸾飞凤翥的梦乡，那如今断了高枝让他不敢再梦归的地方，重门紧闭的愁城在此刻弦音一击之下，轰然打开，一腔思乡之情倾泻而出。他追着弦声颤抖着声音问："弹琴的人啊，你是谁？"

琵琶声戛然而止，却迟迟不语。此种无言，天涯沦落人都懂，万愁千恨早成了一团乱麻，不知该从何处理起。

诗人连忙添酒点灯再摆宴，移船靠近约相见，千呼万唤才唤出这位琵琶女。她抱着琵琶半遮面地上了诗人的小船。

近情情怯，依然无言，唯有拨弦两三声。千言万语、千情万愫，都付与了丝弦；一生悲欢、一生离合、一生沉浮，都付与了琴徽。在她低眉泫然欲泣之间，在她信手轻拢慢捻之间，诗人看见了她的往昔，也看见了自己的流光。

一曲《霓裳》，一曲《绿腰》，如泣如诉，如梦如醉。在嘈嘈切切错杂声中，大珠小珠叮叮当当落满了玉盘，其间有花底莺细啭，渐听得其如冰下之泉幽咽难续，冰泉之水冻结了，琵琶之弦也冻结了，声音也渐渐停止了。一种幽愁暗恨从心底生出，此时整个世界寂静了，无声的此时胜过万啭千声。众人的沉默似在等待一种结束，也在等待一种开始，或者在等待一种重生。

前半生行到水穷的此处停滞了，而后半生坐在此刻将看到一种生命的情怀再次风生水起。果然，它来了，它来到的此刻，银瓶为之爆裂，水浆迸射而出，又如一队铁骑骤然杀出，刀枪轰鸣。最后，琵琶女以拨子划过弦索，四弦共鸣，发出裂帛之声，前生后世从这里轰然断裂。断裂的此刻，东边西边的船舫都静悄悄的，众人依然无言，船与船之间江水荡漾，此刻他们仿佛在一段生命与另一段生命的罅隙中，在断裂成崖的空旷处，看见了生命的涅槃，新的生命正从江心缓缓升起，那纯净的光芒照耀着诗人尘埃未散的心城，在那断垣残壁之上，将再生出个姹紫嫣红的心灵。

在无声的空寂的等待里，诗人需要一道裂帛声，撕裂自己的紫衫身，另换上青衫心。这种撕裂，是一种对过往人生追求的告别，也是新的一段人生价值的开启。此刻，曾经紫袍金带的梦想散作云烟，重启的理想，在这荻花遍布的江岸，如枫树般以火炬的姿态燃烧。

诗人来到此地，本以失意之身而来。815年，致力于平藩的宰相武元衡被藩镇平卢节度使李师道派遣的刺客杀害。这位温文尔雅的忠臣良将死得极惨，在自家的墙外被刺客割头而去。悲愤的白居易上书要求缉拿凶手反得罪了那些权贵，被批抢在谏官之前议论朝政是一种僭越行为。然后忌恨他的人又诬说白居易的母亲看花坠井死，白居易还作《赏花》及《新井》诗，有伤名教。于是白居易被贬为江州司马。

江州也就是今天的江西省九江市。白居易在这里遇到了来自京城的琵琶女，原来同是天涯沦落人啊。他那尘封起来，一直未敢去启封的京城的亮丽岁月，此刻透出一丝光亮，让他看见了自己郁结的块垒早成了坚城，那些悲愤、不甘、痛苦、寂寞在此刻涨潮。潮打空城，白居易听见了自己的心跳声如雷声轰鸣，泪水终于打湿了他的那一领青衫！

这一回泪打青衫，是一场前尘往事的告别，是一场生命体己的抚慰；曾经悲憾的哀壑在这里抚平，曾经痛苦的悲谷在此时填平，曾经郁结的愁垒在此刻夷平。

于是，坐定愁城的白居易敞开城门，弹起了他的空城之曲《琵琶行》：

浔阳江头夜送客，枫叶荻花秋瑟瑟。
主人下马客在船，举酒欲饮无管弦。
醉不成欢惨将别，别时茫茫江浸月。
忽闻水上琵琶声，主人忘归客不发。
寻声暗问弹者谁，琵琶声停欲语迟。
移船相近邀相见，添酒回灯重开宴。
千呼万唤始出来，犹抱琵琶半遮面。
转轴拨弦三两声，未成曲调先有情。
弦弦掩抑声声思，似诉平生不得志。
低眉信手续续弹，说尽心中无限事。
轻拢慢捻抹复挑，初为《霓裳》后《六幺》。
大弦嘈嘈如急雨，小弦切切如私语。
嘈嘈切切错杂弹，大珠小珠落玉盘。
间关莺语花底滑，幽咽泉流冰下难。
冰泉冷涩弦凝绝，凝绝不通声渐歇。
别有幽愁暗恨生，此时无声胜有声。
银瓶乍破水浆迸，铁骑突出刀枪鸣。
曲终收拨当心画，四弦一声如裂帛。
东船西舫悄无言，唯见江心秋月白。
沉吟放拨插弦中，整顿衣裳起敛容。

自言本是京城女，家在虾蟆陵下住。
十三学得琵琶成，名属教坊第一部。
曲罢曾教善才服，妆成每被秋娘妒。
武陵少年争缠头，一曲红绡不知数。
钿头银篦击节碎，血色罗裙翻酒污。
今年欢笑复明年，秋月春风等闲度。
弟走从军阿姨死，暮去朝来颜色故。
门前冷落车马稀，老大嫁作商人妇。
商人重利轻别离，前月浮梁买茶去。
去来江口守空船，绕船月明江水寒。
夜深忽梦少年事，梦啼妆泪红阑干。
我闻琵琶已叹息，又闻此语重唧唧。
同是天涯沦落人，相逢何必曾相识。
我从去年辞帝京，谪居卧病浔阳城。
浔阳地僻无音乐，终岁不闻丝竹声。
住近湓江地低湿，黄芦苦竹绕宅生。
其间旦暮闻何物？杜鹃啼血猿哀鸣。
春江花朝秋月夜，往往取酒还独倾。
岂无山歌与村笛？呕哑嘲哳难为听。
今夜闻君琵琶语，如听仙乐耳暂明。

> 莫辞更坐弹一曲，为君翻作《琵琶行》。
> 感我此言良久立，却坐促弦弦转急。
> 凄凄不似向前声，满座重闻皆掩泣。
> 座中泣下谁最多？江州司马青衫湿。

一诗写罢，那兵临城下大济天下的梦想散退而去，只留下白居易独守孤城。

他给朋友写信说："凡人情，通达则谓由人，穷塞而后信命。……今且安时顺命，用遣岁月，或免罢之后，得以自由，浩然江湖，从此长往。死则葬鱼鳖之腹，生则同鸟兽之群，必不能与掊声攫利者权量其分寸矣。足下辈无复见仆之光尘于人寰间也。"（《与杨虞卿书》）

他将一个人如兰自芳，寂寂萎谢在幽谷之间，从此不再为滚滚红尘惊；如鱼自沉江湖底，从此不再为波澜惊。

他说"从此万缘都摆落，欲携妻子买山居"（《端居咏怀》），他还真在庐山香炉峰下建造了自己的一座草堂。这座"三间两柱，二室四牖，广袤丰杀"（白居易《草堂记》）的草堂就是他心中的空城。他在这里引山影入城，引泉声入窗，引竹树云石相伴，再引一瀑布，水悬三尺，泻阶隅，落石渠，而他在此岁月静好，不知今夕何夕。

天地悠悠之间，白居易懂得了独守空城之美，把心中的红尘名利清空，引青山碧水浮云入城。琵琶女流落天涯的《霓裳》《绿腰》，让白居易第一次把宫廷里浮华却又随人物命运悲欢起伏的琵琶曲放在了广袤的山河、深厚的人生背景下聆听。金銮殿上已挤不下自己一只鞋的位置，但金銮殿外那千山万水却等待着自己去踏足……

　　一百多年以后，南唐的一个夜晚，一个画家的足音踏响在金陵的街道上。他正兴致勃勃赶往一个府邸，那里正在举行一个晚宴。他来晚了，宴会已经过半，早有人抵不住醉意躺在了床上。他听了半场的琵琶演奏，看了一整场的《绿腰》之舞，满目的声色让这个画家饥饿的双眼忍不住饕餮这纸醉金迷的盛宴。他贪婪地饮下了每一种色彩、每一个姿态、每一处风情，然后绣笔一挥，就成了一个让人不能忘怀的南唐时代……

今古北邙山下路，黄尘老尽英雄

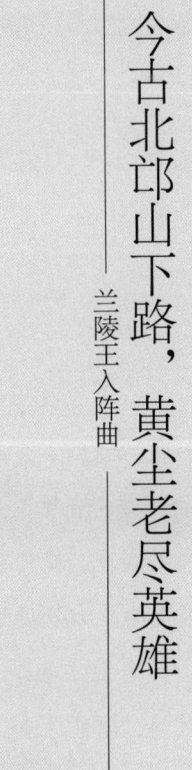

——兰陵王入阵曲

《兰陵王入阵曲》，起源于北齐兰陵王领导的一场胜仗，开创了古典军营乐舞的先河。它是有一定故事情节的歌舞戏，表现了兰陵王戴着面具带领将士杀敌的故事，有格斗的表演，隐约可见戏曲音乐的萌芽。其戴面具而舞的形态也对后世戏剧脸谱产生了深远影响。唐代盛行了一段时间后，被唐玄宗禁演，至宋佚失，只剩一个词牌名供诗人胸怀锦绣，笔吐珠玑。

564年，北齐洛阳被北周十万大军紧紧包围。北齐全国各地的将士日夜兼程赶到洛阳城外，冲向将洛阳围成铁桶的北周军队，竭力拼杀。突破了北周军队的第一道防线后，北齐士兵无力再向前挺进，而北周的攻势愈加剧烈，守城的将领绝望了，洛阳城眼看就要失守了。情势万分危急之时，一队披甲执锐的武士如一支利箭般在层层包围圈里射出一个缺口，直抵包围圈中心——洛阳附近屯兵之城金墉。

当这队全副武装的五百盔甲勇士直抵城下时，城上的人非常紧张，是敌是友他们无法分辨，所以不敢打开城门。危急时分，领头的将领摘下头盔，露出英俊的面庞，守军将士遂识得这是他们北齐的美男子兰陵王，顿时军心大振，于是在弓箭手掩护下打开城门，让五百勇士进城。

在兰陵王的带领下，北齐守军反攻大胜，围在城下的北周军队弃营遁去，自邙山至谷水，三十里地，军资器械，盈满川泽。因洛阳北侧横卧着一座邙山，这次大捷，在历史上称为邙山大捷。

胜利之后，庆功宴上，将士们为歌颂兰陵王，集体创作了《兰陵王入阵曲》，以效其指麾击刺之容，此舞遂流传开来。隋朝时期，《兰陵王入阵曲》被列入宫廷乐舞曲目。到了唐朝，以《大面》之名盛行，唐朝崔令钦的《教坊记》里说："《大面》出北齐。兰陵王长恭，性胆勇而貌妇人，自嫌不足以威敌，乃刻木为假面，临阵著之。因为此戏，亦入歌曲。"

戏者衣紫，腰金，执鞭，更重要的是戴着一个骇人的面具。传说兰陵王每次作战皆戴上恐怖的面具掩盖自己漂亮的容颜，威慑敌人。但是，历史文献记载，他在金墉城下脱下的不是面具，而是把脸遮住大半的头盔。这个头盔应该是一种兽面兜鍪，这是汉唐武士的战斗装备。《北齐书》中也有这样的史料："西魏晋州刺史韦孝宽守玉璧，城中出铁面，神武使元盗射之，每中其目。"因为这个兽面兜鍪，所以才会有兰陵王戴着狰狞面具作战的传说。

但是历史就是这样，你有你的真相，我演我的戏，最后戏里戏外已分不清楚，人们只在扮演自己，相信自己愿意相信的"真相"。而在兰陵王身上，人们愿意去相信那么传奇的故事，所有偶像剧必备的因素都具备了——一个貌美如女子的王族，一场让英雄成名的胜仗，以及那个极具戏剧效果的狰狞面具，所以人们将他演成了戏。兰陵王戴着一个面目凶狠、顶饰瑞兽的面具，身着北朝的服装，手执鞭子，一个人在舞台上指挥搏杀，一直搏杀到了日本的舞台上。

但是这舞在唐朝已经出现了很大变化，这个曾经的英武之舞甚至被归到了软舞中。唐玄宗不喜欢这个舞蹈，因为大唐有自己气派恢宏的《秦王破阵乐》，又名《七德舞》。当年秦王李世民大破叛军，巩固了刚建立的唐政权，在他胜利归来时，军中作《秦王破阵乐》以迎。唐太宗亲自为此曲设计舞蹈，舞蹈时，让乐工百二十八人，披银甲执戟而舞，有来往疾徐击刺等动作，其音乐发扬蹈厉，声韵慷慨，鼓动山谷，声震百里。舞初成，观者皆扼腕踊跃，群臣称万岁，蛮夷在庭者都相率以舞。白居易看过演出盛况后，激动地写下了赞歌《新乐府七德舞》：

七德舞，七德歌，传自武德至元和。
元和小臣白居易，观舞听歌知乐意，乐终稽首陈其事。
太宗十八举义兵，白旄黄钺定两京。
擒充戮窦四海清，二十有四功业成。
二十有九即帝位，三十有五致太平。
功成理定何神速，速在推心置人腹。
亡卒遗骸散帛收，饥人卖子分金赎。
魏徵梦见子夜泣，张谨哀闻辰日哭。
怨女三千放出宫，死囚四百来归狱。
剪须烧药赐功臣，李勣呜咽思杀身。
含血吮创抚战士，思摩奋呼乞效死。
则知不独善战善乘时，以心感人人心归。
尔来一百九十载，天下至今歌舞之。
歌七德，舞七德，圣人有作垂无极。
岂徒耀神武，岂徒夸圣文。
太宗意在陈王业，王业艰难示子孙。

反观《兰陵王入阵曲》，一人戴假面而舞的寒酸场面遭到了唐玄宗的摒弃，唐玄宗说其非正声，禁演于宫廷教坊。而在这个诗人最多的时代，因为禁演，再没有诗人看到过这舞蹈，于是关于《兰陵王入阵曲》的这个舞蹈并无诗歌留下，直到王国维作《咏史二十首》时才提到了这个曲子："江南天子皆词客，河北诸王尽将才。乍歌乐府《兰陵曲》，又见湘东玉轴灰。"到了宋代以后，乐舞《兰陵王入阵曲》已不见记载，但乐曲还存在于乐府中，最后成了词牌名。

但是，在此舞消失的年代，日本却如获至宝将其带回本土献给了皇室。此后天皇登基等重大活动和宴会都会表演此舞，一直演到现在日本奈良的春日大社。每年元月十五日在春日大社举行的的日本古典乐舞表演会上，《兰陵王》是第一个表演的独舞，其带有宗教祭祀的意味。在《兰陵王》唛词中迎来日本春天的开场：

吾罚胡人，古见如来。我国守护，翻日为乐。
吾等胡儿，吐气如雷。我采顶雷，踏石如泥。

日本的《兰陵王》舞蹈，在类似于中国古典乐器的齐鼓、羯鼓、钲、筚篥、笙的伴奏下，舞者戴着狰狞的面具缓缓移步。整个舞蹈苍凉沉郁，全没有战场上的狠烈杀伐气概。

当中国的学者从日本看到这样的《兰陵王》时，都不敢相认——这样一个缓慢沉郁的一人挥鞭独舞，就是那个《兰陵王入阵曲》？！

是的，兰陵王随着岁月长河的冲刷，那些粗粝之概被磨平殆尽，在唐朝由一个有战士飒爽英姿的健舞变成了最后还被禁演的软舞。一个在战场上"轮剑直冲生马队，抽旗旋踏死人堆"（王建《赠索暹将军》）的虎将变成了为主人表演的猫。而日本带回去的正是在唐朝被阉割了的《兰陵王》，这个掩盖在狰狞面具下的英雄的内心里流着泪，所以他缓缓踏出的每一个舞步都沉痛悲郁。

到了宋朝，兰陵王更是变成了文人词客手中把玩的风月，他变成了一个词牌名。词人们以兰陵王之名，写着莺莺燕燕之事，譬如秦观写的《兰陵王》："雨初歇。帘卷一钩淡月。望河汉，几点疏星，冉冉纤云度林樾。此景清更绝。谁念温柔蕴结。孤灯暗，独步华堂，蟋蟀莎阶弄时节。　沉思恨难说。忆花底相逢，亲赠罗缬。春鸿秋雁轻离别。拟寻个锦鳞，寄将尺素，又恐烟波路隔越。歌残唾壶缺。　凄咽。意空切。但醉损琼卮，望断庶瑶阙。御沟曾解流红叶。待何日重见，霓裳听彻。彩楼天远，夜夜襟袖染啼血。"

这个词牌名，首见于秦观，评论家说："此调声情雄浑，气势不凡，宜状写壮烈场面或激越情感。"但是在以词牌《兰陵王》写的宋词里我们可以见到种种风情，譬如又有周邦彦的《兰陵王》："柳阴直。烟里丝丝弄碧。隋堤上，曾见几番，拂水飘绵送行色。登临望故国，谁识京华倦客？长亭路，年去岁来，应折柔条过千尺。　闲寻旧踪迹。又酒趁哀弦，灯照离席。梨花榆火催寒食。愁一箭风快，半篙波暖，回头迢递便数驿。望人在天北。　凄恻。恨堆积。渐别浦萦回，津堠岑寂。斜阳冉冉春无极。念月榭携手，露桥闻笛。沉思前事，似梦里，泪暗滴。"这首词极受欢迎，毛开的《樵隐笔录》说："绍兴初，都下盛行周清真咏柳《兰陵王慢》，西楼南瓦皆歌之，谓之'渭城三叠'。以周词凡三换头，至末段声尤激越，唯教坊老笛师能倚之以节歌者。"

就像兰陵王被艺术加工成戏了一样，人们还想着给这首词添上几分传奇色彩，在宋朝被附会成了一个故事，说周邦彦因和名妓李师师相好，得罪了宋徽宗，被押出都门。李师师置酒送别时，周邦彦写了这首《兰陵王》。但王国维指出：周邦彦在宋徽宗继位时，已近六十岁，时近花甲的他怎么可能去和二十多岁风华正茂的皇帝争风吃醋？！

1199年，八月二十日夜，闲居江西瓢泉的辛弃疾做了一个梦，梦见有人送他一块石磨屏，其色如玉，光润可爱。中有一牛，磨角作斗状。送他的人说："湘潭有个姓张的人，多力善斗，号张难敌。一日，与人搏斗，败下阵来，一时激愤赴河而死。过了三天，其家人来看他，发现其浮水上，变成了牛。从此，这里的山水常常会出现这种石头。"

辛弃疾在梦里大觉惊异，遂作诗数百言，说的都是古之怨愤变化异物之事。醒来后，辛弃疾忘了梦中所写之诗，三天后，他写了一首《兰陵王》：

恨之极。恨极销磨不得。苌弘事，人道后来，其血三年化为碧。郑人缓也泣。吾父攻儒助墨。十年梦，沉痛化余，秋柏之间既为实。　相思重相忆。被怨结中肠，潜动精魄。望夫江上岩岩立。嗟一念中变，后期长绝。君看启母愤所激。又俄倾为石。　难敌。最多力。甚一忿沉渊，精气为物。依然困斗牛磨角。便影入山骨，至今雕琢。寻思人世，只合化，梦中蝶。

此刻壮志未酬的辛弃疾恨，恨到极处无地消磨。他看着这块积怨而成的石磨屏，想起了东周忠心爱国却被冤死的大夫苌弘，有人藏其血，三年化为碧玉。还有个叫缓的郑国儒家学者，教育其弟为墨家学者。儒墨相争时，其父却助墨攻儒。十年后，缓自杀。缓父梦见他对自己说：使你儿子成为墨家学者的是我，你何不看看我的坟，我已化作松柏结出了果实。辛弃疾觉得这些奇异之物，皆因怨恨郁结在心中，潜动了精气魂魄，就像那武昌望夫江上的望夫石，传说是一贞妇因夫从军，远赴国难，便携弱子饯送北山，立而望夫，一念化为石，从此后会无期。又比如那夏禹娶涂山氏之女，生子夏启，而启母因见大禹化熊开渠治水，一时惊骇化为石。还有这化成石磨屏的张难敌，力气最大，却一愤沉渊，其精气化为物，依然是头困斗之牛在磨角，然后其影渗入山岩，至今仍如雕琢而成。想这人间，只该化作庄子的梦中之蝶了。中国近代思想启蒙学者梁启超评此词云："词文恢诡怨愤，盖借以摅其积年胸中块垒不平之气。"

辛弃疾将世间恨极无处消磨而化石化碧的事一一列在《兰陵王》的词牌之下，而兰陵王在建立了一番轰轰烈烈的功名之后，也终究将一腔怨恨"化作"了骇人的面具。

在邙山大捷后，看着将士们以一曲威武雄壮的《兰陵王入阵曲》向英雄致敬的齐主高纬，这个丧师失地毫不知愁、只知阴忌英雄的皇帝问兰陵王："入阵太深，万一失利，悔无所及。"兰陵王说："家事亲切，不觉遂然。"一听家事，高纬顿时变了脸色。

兰陵王自知被皇帝忌恨上了，就大肆受贿，致失民心。下属问他为何如此贪财，他不言。下属说："因邙山大捷，恐功高遭忌，乃欲借此自秽么？"兰陵王才答一"是"字。下属又说："朝廷忌王，必求王短，王若贪残，加罚有名，求福反恐速祸了！"兰陵王泪流满面地问："君将如何教我？"下属让兰陵王装病回乡，勿预时事。兰陵王深以为然，却一时未能隐退。等江淮寇扰，兰陵王恐复为将，叹说："我去年面肿，今何不复发？"从此佯装有疾。但是，齐主高纬却不想让他全身而退。573年的一天，他派人给兰陵王送来鸩毒，逼令自杀。兰陵王流着眼泪说："我有何罪，乃遭鸩死？"在激愤中服毒自杀。

兰陵王之死，是已经处在亡国之际的北齐自折手臂。四年后，北齐被灭。其只存在了短短二十八年，却毁了一个英雄的百年。

高纬这个二十岁的小皇帝，杀了自己的大将，却为了爱妃冯小怜，不顾晋州危急，陪她打猎，又为冯小怜造桥观战，最终被北周灭国，高氏子孙几乎全遭屠戮。李商隐为这段北齐历史写过《北齐二首》：

一笑相倾国便亡，何劳荆棘始堪伤。
小怜玉体横陈夜，已报周师入晋阳。

巧笑知堪敌万机，倾城最在着戎衣。
晋阳已陷休回顾，更请君王猎一围。

辛弃疾选择《兰陵王》这个词牌，是一种致敬，也是将自己一生不能再挥刀向北的恨憾向心中的偶像诉说。

这个需老笛师方能伴奏成歌的词牌，末段声尤激越，而周邦彦等人写的那些娇滴滴的文字怎堪任此激越之声？唯有辛弃疾壮志未酬的悲愤配得起这激越之声。

兰陵王尚且想要功成身退，最终却无法全身而退且遭杀身之祸。辛弃疾身处繁华的南宋时代，不如安安心心把岁月静好的时光享受完就罢了，所以他还有一首没有壮志豪情只有松月桂云的《兰陵王》："一丘壑。老子风流占却。茅檐上，松月桂云，脉脉石泉逗山脚。寻思前事错。恼煞晨猿夜鹤。终须是，邓禹辈人，锦绣麻霞坐黄阁。　长歌自深酌。看天阔鸢飞，渊静鱼跃。西风黄菊香喷薄。怅日暮云合，佳人何处，纫兰结佩带杜若。入江海曾约。　遇合。事难托。莫击磬门前，荷蒉人过，仰天大笑冠簪落。待说与穷达，不须疑着。古来贤者，进亦乐，退亦乐。"

这首词写于1195年，辛弃疾二度罢居上饶。这一年他隐居的瓢泉新居初成，尚未迁居。他享受着自己在这乱世里制造出的一片岁月静好的天地，以为自己会很安然地享受这种松月桂云、晨猿夜鹤的生活，但是1199年的那个石磨屏的梦击醒了他，原来到底是不甘。兰陵王退身不及而不能自保，辛弃疾以为自己提前退场很明智，但松月桂云里长歌深酌看尽历史舞台上的风起云涌，自己却不能参与，那郁结在心中的块垒几乎都要化成碧玉，所以才会做一个愤激之下化人为石的梦。恨，恨极啊！

同样恨极的还有踏着葬在洛阳邙山的苌弘碧血而来的兰陵王，他摘下头盔的那个瞬间，一个英姿勃发的传奇横空出世，而一个英雄的悲剧也埋下了伏笔。在他死去的时候，他心中的悲愤会化成什么呢？

1920年，在河北省邯郸市磁县城南五公里处，村民们在这里挖土修路，挖出了一座高大石碑，碑额篆阳文四行十六字："齐故假黄钺太师太尉公兰陵忠武王碑"。啊，这就是兰陵王的碑，以这种方式重现人世。人们看着上面的碑文，虽然斑驳黯淡，但仍不失遒劲、磅礴、凛冽。

碑的正面写着兰陵王的前半生："王讳肃，字长恭，渤海蓚人，高祖神武皇帝之孙，世宗文襄皇帝之第三子也。神则龙首，元口火师而成帝，兵称虎翼，拧水母而称雄。王命守巨宝，惟卿族均大名而复始，逾盛德之后昆。抚天潢而焕落，临地轴而彪明，祝祭孔明，史词无愧。王应含宝之粹气，体连璧之英精，风调开爽，器彩韶澈，譬兹尔不跨，玄指而扬荣，若彼高鸿，摩天霄而远蠢。"

碑文说兰陵王的神气犹如龙首，始因掌管火事而封王，统兵如虎添翼，埋伏河边绞杀敌军而称雄。君王命其看守巨宝，成为名声显赫的王公贵族，道德高尚的皇室子孙。扶持皇族光明磊落，治理地方光华璀璨，历史留词无有愧负。赞叹兰陵王蕴含珠宝的精粹，集聚美玉的英华，风度豁达爽朗，器度神采美好清澈，就像那高空上的鸿鹄，翅膀擦着天空向远处飞翔。

前半生的辉煌诉尽，转到碑的背面看兰陵王的下半生，以及想要看那个悲惨的结局如何落笔，但是人们赫然发现背面的字已被时光磨平殆尽。也许冥冥中兰陵王洒了一把红尘劫灰，把他自己都不堪回首的下半生磨灭了去，独独留下碑额六行大字纪念他的悲情：

> 夜台长自寂，泉门无复明。
> 独有鱼山树，郁郁向西倾。
> 睹物令人感，目极使魂惊。
> 望碑遥堕泪，轼墓转伤情。
> 轩丘终见毁，千秋空建名。
>
> 《经墓兴感诗》

这首诗是兰陵王的弟弟安德王写的，而碑也是这个弟弟立的。当年在得知兰陵王要被毒死之时，《北齐书》说安德王"手书以谏，而泪满纸"。此时他经过兰陵王的墓，抑制不住内心的悲愤，又流着眼泪写下了这首诗。

愤激中去世的兰陵王，一腔碧血终化成了这石碑，纪念着自己的传奇和悲愤，正如文天祥的《正气歌》："是气所磅礴，凛烈万古存。"

576年，北齐生死存亡之际，在哥哥的碑上写诗的安德王废了那个荒淫无耻的皇帝高纬，自己称帝，是为高延宗，带领着臣民继续抗敌。第二天，国亡，他不过做了一天皇帝。被俘后，他多次欲自杀。后来北周诬高纬谋反，其宗族皆赐死。众人多自陈无其事，高延宗独攘袂泣而不言，以椒塞口而死……

1992年9月6日，也就是《兰陵王入阵曲》问世后的一千四百二十八年，沉寂了许久的兰陵王墓前，传来阵阵丝乐之声，演奏着一千四百二十八年以后的《兰陵王入阵曲》。日本奈良大学雅乐团受邀在兰陵王墓前演出此曲。

舞者戴着骇人的面具，身穿刺绣红袍，腰系透雕金带，手执短鞭现身墓前,伴着苍凉的乐曲,一个人庄严肃穆地独自舞着,没有杀伐于战场的威风与戾气,只有那迟滞的舞步缓缓地散发着千年前兰陵王内心的悲伤……

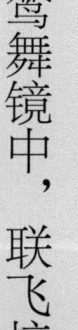

曾见双鸾舞镜中，联飞接影对春风

柘枝舞

《柘枝舞》从中亚传来,是唐朝有名的西域舞,在唐代本属教坊,宋代尚存于乐府之中。宋宫廷舞队中还专设有柘枝队,后渐佚失,只留《柘枝令》词牌名。其舞风热情奔放,表情动人,深受中原人欢迎。《柘枝舞》以激烈的鼓声伴奏为主,一舞起来,只跳得"鼓催残拍腰身软,汗透罗衣雨点花"(刘禹锡《和乐天柘枝》),后来跟其他舞蹈融合,发展成今天新疆民间舞的形态。

乐舞蹁跹　曾见双鸾舞镜中，联飞接影对春风

63

　　838年，一个舞女风情万种地在一场宴席上跳起《柘枝舞》。舞女头上戴着尖尖的帽子，帽子上缀着金铃，转动的时候，铃声清脆作响，脚上穿着红锦靴，腰上系着银腰带，身着五色绣罗的宽袍。伴随着鼓点，她舞得时而刚健明快，时而婀娜俏丽，眉目间传情的秋水百般流转。这是一种亦刚亦柔的西域舞

（初唐）敦煌莫高窟二二七窟北壁　莲花台上的双人巾舞
这幅经变伎乐舞图很可能是受到唐代名舞《屈柘枝》的影响而作

蹈。白居易的《柘枝妓》曾这样描写跳《柘枝舞》的舞女："平铺一合锦筵开，连击三声画鼓催。红蜡烛移桃叶起，紫罗衫动柘枝来。带垂钿胯花腰重，帽转金铃雪面回。看即曲终留不住，云飘雨送向阳台。"

此刻跳舞的女子举手投足间无处不是情，因为坐在眼前观看她跳《柘枝舞》的是离开多年的情人——大名鼎鼎的诗人杜牧。这个在离开的五年里写过"十年一觉扬州梦，赢得青楼薄幸名"的诗人回来了，此刻就真真实实地坐在她眼前。她等了那么久，等的不就是舞柘枝的此刻，将自己华美绽放，让他睁眼再见花开的惊喜？但是，在离去经年后，杜牧遇见了很多人，爱上了很多人，也忘记了很多人。诗人也许还记得她这个人，但他自己当年对她的深情已经模模糊糊，他们中间已经隔着一条莽莽苍苍的岁月的大河。此时，诗人看着她跳《柘枝舞》，人没变，舞蹈没变，而他已经变了。他站在岁月的此岸在想：是跨过去呢，还是不跨过去？

跳完柘枝的舞女等了许久，等不到他再遇自己的惊喜，伤心的她便请诗人赵嘏替自己写了一首诗给杜牧。这首诗就是《代人赠杜牧侍御》：

郎作东台御史时，妾身西望敛双眉。
一从诏下人皆羡，岂料恩衰不自知。
高阙如天萦晓梦，华筵似水隔秋期。
坐来情态犹无限，更向楼前舞柘枝。

自你离去之后，我思念你有多辛苦。你步步高升，成了我的梦，如今在筵席上再遇见你，让人惊觉年华似水，隔断了你与我相约的秋期。坐在你面前，我使浑身解数释放我的风情还不够，更是跳起一曲《柘枝舞》，让你知晓我就是当年那个风情万种的女子啊。

杜牧想起了当年的深情，四年夫妻的情分，在833年分离的时候还写了一首《宣州留赠》：

红铅湿尽半罗裙，洞府人间手欲分。
满面风流虽似玉，四年夫婿恰如云。
当春离恨杯长满，倚柱关情日渐曛。
为报眼波须稳当，五陵游宕莫知闻。

当年离去，殷殷叮嘱泪湿罗裙的她：你要相信我，不要听信我在长安风流潇洒的传闻。然后，杜牧离去了，去扬州写了一首诗："落魄江湖载酒行，楚腰肠断掌中轻。十年一觉扬州梦，赢得青楼薄幸名。"（《遣怀》）还道了一个别："娉娉袅袅十三余，豆蔻梢头二月初。春风十里扬州路，卷上珠帘总不如。"（《赠别》）去长安当了一个官——监察御史，然后分司东都洛阳。

他去扬州赢得的薄幸名，这柘枝舞女听不见，但是她听说了他在洛阳做了高官，而她只有自垒眉峰向西望，望穿秋水，将他望成了一个梦。如今梦就在眼前，却如此不真切，唯想以一曲《柘枝舞》挑起曾经的巫山云雨梦。但是，杜牧再见她如花的面庞，却没有惊喜。

五年的时光，诗人已经经历了人生以及时代激烈的动荡。当年，他意气风发从宣州离去，却在扬州赢得了一个薄幸名，然后在长安经历了陷大唐于万劫不复的甘露之变。835年，二十七岁的唐文宗不甘为宦官控制，和李训、郑注策划诛杀宦官，夺回皇帝丧失的权力。但事败，朝廷重要官员及其家人被宦官杀死达一千多人。经历过血雨腥风的甘露之变后，杜牧的弟弟又患病失明，爱弟心切的他请假带着医生去扬州给弟弟看病，但弟弟得的是白内障，医生说一年以后方能施针治疗。杜牧不得已辞职，受宣歙观察使崔郸之聘，于837年带着弟弟再次来到了宣州。

再到宣州，杜牧没有什么心情再去"多情却似总无情，唯觉樽前笑不成"（《赠别》）。世事无常，此行，他最爱去的地方是空寂伽蓝而不是华堂筵席。那一天，他冒着大雨登上宣州开元寺，看见大雨，他心情复杂地写下："东垠黑风驾海水，海底卷上天中央。三吴六月忽凄惨，晚后点滴来苍茫。铮栈雷车轴辙壮，矫躩蛟龙爪尾长。神鞭鬼驭载阴帝，来往喷洒何颠狂。四面崩腾玉京仗，万里横亘羽林枪。云缠风束乱敲磕，黄帝未胜蚩尤强。百川气势苦豪俊，坤关密锁愁开张。"他想起六年以前也是这样的情景，但那个时候："我时壮气神洋洋。东楼耸首看不足，恨无羽翼高飞翔。尽召邑中豪健者，阔展朱盘开酒场。奔觥槌鼓助声势，眼底不顾纤腰娘。今年阃茸鬓已白，奇游壮观唯深藏。景物不尽人自老，谁知前事堪悲伤？"（《大雨行》）

那个时候，他替这柘枝舞娘捶鼓助势，人骄狂得都看不见她的舞。但此刻，从美好的岁月里走出去，经历了时代的磨炼，疲惫不堪、满心悲苦的他还是看不见这一曲《柘枝舞》。当年太欢乐了，所以看不到这欢乐的《柘枝舞》；现在是太凄苦了，无法再面对这欢乐的《柘枝舞》。

杜牧静静地放下了酒杯，在女子万分的期待中，无诗以应，深情经不起岁月的碾压，随风散去。

在他情散去的地方，一段情义已然升起。唐文宗大和年间，湖南潭州，一个女子正在舞着一曲《柘枝舞》，但是这个欢快的舞蹈却被这个女子跳成了哀伤之曲。她的哀伤感染了在座的侍御殷尧藩，他当场写了一首《潭州席上赠舞柘枝妓》："姑苏太守青娥女，流落长沙舞柘枝。满座绣衣皆不识，可怜红脸泪双垂。"这首诗惊动了湖南观察使李翱，李翱连忙问她原委，原来这个柘枝舞女是唐朝著名诗人苏州刺史韦应物的爱姬所生。韦应物，宋濂《答章秀才论诗书》谓其"一寄秾鲜于简淡之中，渊明以来，盖一人而已"。他写的那首《滁州西涧》广为人知：

**独怜幽草涧边生，上有黄鹂深树鸣。**
**春潮带雨晚来急，野渡无人舟自横。**

但是这样一个著名的诗人去世后，子嗣凋零。这个舞女说："妾以昆弟夭丧，无以从人，委身于乐部，耻辱先人。"（范摅《云溪友议》）李翱一听，让她换下舞衣，穿上正衫，带她去见韩夫人。韩夫人顾其言语清楚，宛有冠盖风仪，便让李翱从宾僚中选一人与之成婚。

侍郎舒元舆在长安听说后，自京驰诗赠李翱——《献李观察》："湘江舞罢忽成悲，便脱蛮靴出绛帷。谁是蔡邕琴酒客，魏公怀旧嫁文姬。"当年蔡文姬于战乱中被匈奴掳去，嫁与匈奴左贤王为妻，育有二子。十二年后，已经荡平北方群雄的曹操，得意之时，想起了好友蔡邕的女儿，于是派人携黄金千两、白璧一双，把她赎了回来。文姬归汉后，嫁给了董祀。这个舞女，因为一曲《柘枝舞》再成那蔡文姬。

现在的新疆舞里还能看到一些《柘枝舞》的风采。当年以跳《胡旋舞》《柘枝舞》闻名的西域赛兰人大批迁徙至新疆库车地区定居，逐渐演变出了我们比较熟悉的新疆舞"赛乃姆"。赛乃姆在维吾尔语中有偶像、神像、美人、美女的意思，有首民歌唱道："当初哪有这美丽的世界。只因美女佛'赛乃姆'的出现，她用泥巴捏成塑像，将世界上的一切奉献。"跳舞时大家围成圆圈，乐队聚在一角伴奏，群众拍手唱和，舞者随着音乐鼓点节奏愈跳愈快，气氛欢快热烈。而那些移颈、弄目、弹指、跷脚、下腰等动作，就是从《柘枝舞》《胡腾舞》等一些古典舞蹈中继承而来。诗人章孝标就具体地描写过《柘枝舞》的动作："柘枝初出鼓声招，花钿罗衫耸细腰。移步锦靴空绰约，迎风绣帽动飘摇。亚身踏节弯形转，背面羞人凤影娇。只恐相公看未足，便随风雨上青霄。"(《柘枝》)其中"亚身踏节弯形转"——下腰双手延展模仿鸾鸟之翅，就是我们很熟悉的新疆舞的动作。

《柘枝舞》的穿着打扮，诗人张祜在《观杨瑗柘枝》时描写得非常具体："促叠蛮鼍引柘枝，卷帘虚帽带交垂。紫罗衫宛蹲身处，红锦靴柔踏节时。微动翠蛾抛旧态，缓遮檀口唱新词。看看舞罢轻云起，却赴襄王梦里期。"《柘枝舞》当年在中原流传后，还出现了专门表演此舞的柘枝伎，并由独舞发展成双人舞，有个叫法振的诗僧还为此留下一句诗："画鼓催来锦臂裹，小娥双起整霓裳。"虽然这个爱写清寂之语的诗僧只留下这一句柘枝诗，却充满了动感。

《柘枝舞》是个非常受欢迎的舞蹈。宋代名相寇准就酷爱此舞，"会客每舞必尽日，时人谓之柘枝颠"，家中豢养柘枝伎多达二十四名。而唐朝诗人张祜更是一家一家的《柘枝舞》看过来，每一家的《柘枝舞》都让他激动得做起了春梦，杨瑗家的《柘枝舞》让他"却赴襄王梦里期"（《观杨瑗柘枝》），李家的《柘枝舞》让他"却思云雨更无因"（《李家柘枝》），而王将军家的柘枝伎去世了，他在宴席上听着熟悉的柘枝乐，看着空空的舞台，此时春情无法再生，生起的只有悲情："寂寞春风旧柘枝，舞人休唱曲休吹。鸳鸯钿带抛何处，孔雀罗衫付阿谁。画鼓不闻招节拍，锦靴空想挫腰肢。今来座上偏惆怅，曾是堂前教彻时。"（《感王将军柘枝妓殁》）

在大唐的一场华美的筵席上，诗人李群玉在独自等待着，一直等到筵席散尽，他等待的舞蹈都没有来。李群玉仰望着皎洁的月亮升在半空中，悲伤袭来："曾见双鸾舞镜中，联飞接影对春风。今来独在花筵散，月满秋天一半空。"（《伤柘枝妓》）他曾在这家的筵席上看见两个女子对舞柘枝，念念不忘，以为回到原来的地方还可以再看见她们，但是却再也见不到了。她们就像是两颗流星，在他眼前闪耀了一刹那，从此偌大人间再也不能相遇了。那么美的《柘枝舞》再也看不见了，诗人一想起这个，就觉得自己的心像被这两颗流星击穿而过了一样，痛得不能自已。

《柘枝舞》起，便让诗人过了很多年以后，也许想不起那个人，但是依然会想起她跳的《柘枝舞》曾有怎样的风情。

在大唐的深深庭院里，一个诗人走过柳荫浓密的长廊，走过花朵繁盛的小院，看见仆人们铺好了锦褥子，看见她们洁白的手捧着银杯子，看见她们绣花的帽子缀着密密的珠子，闻到了她们窄窄的袖子舞动起来时散发出阵阵的清香，看见将军挂着打蹴鞠的球杖，打着拍子看《柘枝舞》："柳暗长廊合，花深小院开。苍头铺锦褥，皓腕捧银杯。绣帽珠稠缀，香衫袖窄裁。将军挂球杖，看按柘枝来。"白居易写的这首《柘枝词》画面感很美，那种大唐的奢华低调地藏在字里行间，就像衣锦　衣，一层华丽的锦衣外还要罩上一层薄纱，遮掩住其耀眼的光芒。而白居易就像卞之琳的诗："你在桥上看风景／看风景的人在楼上看你／明月装饰了你的窗子／你装饰了别人的梦。"他站在诗歌的楼上看见了将军看《柘枝舞》的风景，然后这幅画面就成了他诗里的梦境。

白居易也是个爱极了《柘枝舞》的人，没有《柘枝舞》可看的日子，也要听一曲《柘枝》，冬天下雪了，就着大雪听《柘枝》："风头向夜利如刀，赖此温炉软锦袍。桑落气薰珠翠暖，柘枝声引管弦高。酒钩送盏推莲子，烛泪粘盘垒蒲萄。不醉遣侬争散得，门前雪片似鹅毛。"（《房家夜宴喜雪戏赠主人》）这种滋味，就像冬天吃火锅一般酣畅爽快。

春天来了，在《柘枝》声里换上春衫，这是多么美的三月三啊："画堂三月初三日，絮扑纱窗燕拂檐。莲子数杯尝冷酒，《柘枝》一曲试春衫。阶临池面胜看镜，户映花丛当下帘。指点楼南玩新月，玉钩素手两纤纤。"（白居易

《三月三日》）三月三，是一个纪念黄帝的节日。相传三月三是黄帝的诞辰，所以民间有谚语："二月二，龙抬头；三月三，生轩辕。"后来这个节日就成为人们水边饮宴、郊外踏春的日子。这么一个泥暖草生万物复苏的日子，怎能不以《柘枝》一曲来助兴呢？在咚咚的鼓声中，虫蚁惊蛰而出，春天就真的回来了。

黄鹤楼有李白听的一曲《梅花落》："一为迁客去长沙，西望长安不见家。黄鹤楼中吹玉笛，江城五月落梅花。"（《与史郎中钦听黄鹤楼上吹笛》）滕王阁也有杜牧听的一阵《柘枝》鼓："樯似邓林江拍天，越香巴锦万千千。滕王阁上《柘枝》鼓，徐孺亭西铁轴船。八部元侯非不贵，万人师长岂无权。要君严重疏欢乐，犹有河湟可下鞭。"（《中丞业深韬略，志在功名，再奉长句一篇兼有咨劝》）

849年，杜牧的姐夫裴俦要出任江西观察使，杜牧写了这首诗以资勉励。这个时候年近五十的杜牧想起了自己在南昌滕王阁上听《柘枝》鼓的青春时代，那是二十多年以前，他跟着出任江西观察使的尚书右丞沈传师到南昌任职，在南昌，他常常登上滕王阁听《柘枝》鼓。那时候，青春得意的杜牧，对世界充满了信心。那年春天，他以第五名及第，被沈传师聘为江西团练巡官，颇得上级领导爱护。所以杜牧对南昌的印象好极了。

他还写有《怀钟陵旧游》，同样提到了滕王阁的《柘枝》鼓："滕阁中春绮席开，柘枝蛮鼓殷晴雷。垂楼万幕青云合，破浪千帆阵马来。"

听完南昌的《柘枝》鼓，杜牧又来到宣州，继续看他最爱的《柘枝》，还跟柘枝伎谈了一场恋爱，但最美的舞蹈、最深的感情，留不住想要做官的诗人。833年，诗人杜牧要走了，他看着哭成泪人的女子，殷殷叮嘱道："舞靴应任闲人看，笑脸还须待我开。不用镜前空有泪，蔷薇花谢即归来。"（《留赠》）

你跳《柘枝舞》的舞靴可以让人看，可是你绽放的笑颜只能让我一个人看，不要哭泣，蔷薇花开的时候我就会回来。是的，他回来了，但是回来的还是那一个人吗？一个人离去了，经过岁月的搓圆捏扁，走出去一个青葱少年，再回来的却是个历经沧桑的老人。时光捶击，让深情变成薄情；人世震荡，让对人生的信心变成怀疑。一直等待的那个人，永远只能在蓦然回首的灯火阑珊中，而在眼前的这个人，却成了最熟悉的陌生人，静静地放下酒杯，无诗以对……

天长地久有时尽，此恨绵绵无绝期

霓裳羽衣舞

《霓裳羽衣舞》即《霓裳羽衣曲》，简称《霓裳》，唐代宫廷乐舞，传说前半部分由唐玄宗编创，后融合印度婆罗门曲续成全曲。此舞场面宏大绚丽，只有宫廷中人和权贵才能看到，所以随着唐王朝的覆灭，这个舞蹈也随之身毁。直至南唐，后主李煜才意外捡拾起一些断章遗锦，但舞起来已不复当年盛景。宋时尚有《霓裳羽衣曲》残谱的记载。

传说大唐最瑰丽的一个夜晚，一个道士来到这个壮丽时代的君王——唐玄宗的梦中，他抛杖为桥，领着唐玄宗到了月宫，只见女仙数百，素练霓衣，舞于广庭，唐玄宗问仙人曲名，仙人说："霓裳羽衣。"唐玄宗记其音，归作《霓裳羽衣曲》。

740年，唐玄宗在华清池第一次见到杨玉环。他们初见，唐玄宗就为杨玉环奏了一曲《霓裳羽衣曲》。后来，她就夜夜为他舞《霓裳》。诗人张祜在《华清宫》中云："天阙沉沉夜未央，碧云仙曲舞霓裳。一声玉笛向空尽，月满骊山宫漏长。"

《霓裳羽衣舞》成了大唐最华丽的乐章，每当她为这个时代的君主舞起这一曲《霓裳》，这个叫杨玉环的女子就骄傲地把大唐推向了高潮。

有一天，唐玄宗在百花院便殿看《汉成帝内传》，看到"汉成帝获飞燕，身轻欲不胜风。恐其飘翥，帝为造水晶盘，令宫人掌之而歌舞。又制七宝避风台，间以诸香，安于上，恐其四肢不禁"，便打趣杨玉环胖："尔则任吹多少。"杨玉环自豪地回答："《霓裳羽衣》一曲，可掩前古。"

这一首让整个大唐骄傲的《霓裳羽衣曲》成了诗人们最魂牵梦绕的一段瑰丽时光。

825年，自长安来到苏州任刺史的白居易，一个人在寂寞无事中想起了长安那花天锦地的繁华。他可以舍掉紫袍金带，抛弃纸醉金迷的生活，唯独不舍的是一曲《霓裳羽衣》。离开这么久，它的美依然光华夺目，让他瞬目不移地望着：

那时正是寒食节，玉钩阑下香案前，容颜如玉的舞女们翩翩起舞。她们穿

诗说中国　乐舞卷

〔清〕任薰《瑶池霓裳图》

着彩虹般鲜艳的衣裳，戴着珠宝饰缀的步摇冠，身上挂着层层玉佩璎珞，珊珊作响。美人的身姿袅娜娉婷，好似不胜丝绸轻裳之重，倾听着舞曲，舞动有节。磬、箫、筝、笛相继奏起来，击、按、弹、吹，声音悠扬圆转。散序演奏六遍，舞女未动，舞衣如阳台峰上驻留的片片宿云。中序之后，豁然插入节拍，声如秋竹爆裂，春冰乍开。那舞衣飘然转动如回风飘雪，妩媚跳动惊若游龙。柔软下垂的双手娇弱无力，舞裙斜飞而上如白云升起。轻敛的黛眉之间有无尽的娇态，迎风飞扬的舞袖高低间含情脉脉，就像是上元夫人招来仙女萼绿华，又像是王母娘娘挥袖送别女仙许飞琼。十二遍曲时音繁节促，就像珍珠跳动击打玉片，铿锵铮铮。一曲舞罢，就像鸾凤收翅，终曲长鸣如鹤唳空中。等舞蹈散场，那些舞女身上佩戴的七宝璎珞落了一地，珠翠可扫。

每一次大唐跳起这《霓裳羽衣舞》，他们就幻想自己又回到那个国色倾城的时代。那个时候唐明皇还在看，杨玉环还在跳，那时光璀璨，那人世如花华光夺目。但是，"渔阳鼙鼓动地来，惊破霓裳羽衣曲。九重城阙烟尘生，千乘万骑西南行"，最后"六军不发无奈何，宛转蛾眉马前死"（白居易《长恨歌》）。那创作《霓裳羽衣舞》的一代绝世舞者以一舞倾城倾国后，花钿委地无人收，死在了马嵬坡下的泥土中。

倾城的美女死了，大唐又惊魂未定地回来了，"归来池苑皆依旧，太液芙蓉未央柳"，但是那个舞霓裳的女子却"上穷碧落下黄泉，两处茫茫皆不见"（白居易《长恨歌》）。然而每至春之日、冬之夜，池莲夏开，宫槐秋落，梨园弟子，玉琯发音，唐明皇闻《霓裳羽衣曲》一声，则惨然不悦。盛唐少了她，已无法再盛妆而起，就像那光辉灿烂的夜晚泯灭了灯火，只听见《霓裳羽衣曲》还在寂寞地弹响。

虽然倾城，但大唐还是舍不得这一曲《霓裳羽衣舞》，总会忍不住再重新燃起灯火，再跳起这霓裳舞。舞蹈依然惊心炫目，让遇见它的白居易意犹未尽，无尽的回忆绵延了八九年时光。此去经年里，曾心不甘情不愿离开长安繁华地的诗人只在江州听过山魈夜语，在忠州听过杜鹃啼泣，但在心甘情愿自请来到的江南，这个"灯火家家市，笙歌处处楼"（白居易《正月十五日夜月》）的杭州，白居易觉得该有一曲《霓裳羽衣》来配这个天堂。

于是在杭州的白居易就找到善箜篌的商玲珑、善筝的谢好，还有善觱篥的陈宠、善笙的沈平，将这四位歌伎调教奏成了《霓裳羽衣曲》，在虚白亭前湖水畔，前前后后演奏过三次。那湖上演奏的情景，白居易写成了一首《湖上招客送春泛舟》："欲送残春招酒伴，客中谁最有风情。两瓶箬下新开得，一曲霓裳初教成。排比管弦行翠袖，指麾船舫点红旌。慢牵好向湖心去，恰似菱花镜上行。"

杭州任期满后，白居易来到了苏州，这个会吹弹《霓裳羽衣曲》的乐队也就如星迸散了。来到这个"银勒牵骄马，花船载丽人"（白居易《武丘寺路》）的苏州，白居易又想要那曲《霓裳羽衣》来为这繁华人世锦上添花。于是他去问在越州的好友元稹，元稹说越州七县十万户，却无一个懂霓裳。不过元稹给白居易写了一首诗，诗名就叫《霓裳羽衣谱》，写在四张绿红相间的信笺上。这诗让白居易又看到了当年的霓裳舞，那千姿百态历历在目，如梦如画。不过可惜元稹的这首《霓裳羽衣谱》今天已经遗失了。

白居易看完诗对元稹说：我爱霓裳的心你最懂，我曾在《长恨歌》里写过

"惊破霓裳羽衣曲",在《重题别东楼》里写"曲爱霓裳未拍时"。但白居易却不同意元稹说的这舞只能由倾城美女来跳,因为现在吴王夫差的女儿小玉已如烟,西施也早化为尘,馆娃宫、苎萝村已空寂无人,绝世美女早散如云烟。白居易说要按这条件,只怕这舞早就失传了。女人的美丑也就那样,关键要看调教。白居易觉得自己正好有李娟、张态两个舞者,估摸着应该能把她们教会演奏《霓裳羽衣曲》。

在江南的白居易,忙着调教歌伎奏《霓裳羽衣曲》,总是想借着这旷世盛曲的余音回到那段最华美的时光。有一天,就像杜甫江南逢李龟年一样,白居易遇到了一个人,一个为杨贵妃伴奏的乐工,只是此时他已是白发苍苍的老头了。他们一起回忆当年,当年那个时代是多么辉煌,杨贵妃还在跳《霓裳羽衣舞》,于是作《江南遇天宝乐叟》:

  白头病叟泣且言,禄山未乱入梨园。
  能弹琵琶和法曲,多在华清随至尊。
  是时天下太平久,年年十月坐朝元。
  千官起居环珮合,万国会同车马奔。

金钿照耀石瓮寺，兰麝熏煮温汤源。
贵妃宛转侍君侧，体弱不胜珠翠繁。
冬雪飘飖锦袍暖，春风荡漾霓裳翻。
欢娱未足燕寇至，弓劲马肥胡语喧。
豳土人迁避夷狄，鼎湖龙去哭轩辕。
从此漂沦落南土，万人死尽一身存。
秋风江上浪无限，暮雨舟中酒一尊。
涸鱼久失风波势，枯草曾沾雨露恩。
我自秦来君莫问，骊山渭水如荒村。
新丰树老笼明月，长生殿暗锁春云。
红叶纷纷盖欹瓦，绿苔重重封坏垣。
唯有中官作宫使，每年寒食一开门。

一曲霓裳倾倒了一个时代。他们从倾城废墟里狼狈逃出来，那华美的时光早成了断壁残垣，那乐工流落到了江南，那《霓裳羽衣曲》也跟着诗人流落到了江南，在李娟、张态这两个小歌伎的手上断断续续地呜咽着。

然而这李娟、张态再会奏《霓裳羽衣曲》，也拉不回大唐正徐徐落下的幕布。大唐的幕布一落下，《霓裳羽衣曲》也殉葬了。

时光来到了南唐，那南唐后主李煜扒开历史的劫灰，找出了《霓裳羽衣曲》的残谱。他深爱的女子大周后跟他一起重新修订了《霓裳羽衣曲》，重新排舞，借着南唐微弱的灯火，依稀又看见大唐的残锦剩缎。李煜看着自己重新补缀起来的这一幅花天锦地,情不自禁写下他的锦绣"霓裳"——《木兰花》:"晓妆初了明肌雪,春殿嫔娥鱼贯列。凤箫声断水云间,重按霓裳歌遍彻。 临风谁更飘香屑,醉拍阑干情味切。归时休放烛花红,待踏马蹄清夜月。"

但由大周后修订的《霓裳羽衣曲》,内史舍人徐铉听得国家乐团曹生奏来,问:"法曲终则缓,此声乃反急,何也?"曹生说:"旧谱实缓,宫中有人易之,非吉征也。"这一曲《霓裳羽衣曲》无论急缓,那该来的倾城事终将会来。

时光来到1186年的南宋,旅居长沙的诗人姜白石,一次登祝融峰,在乐工故书堆中意外地找到了商调《霓裳羽衣曲》十八阕,然后他为中序第一段填了一首新词,即《霓裳中序第一》:

亭皋正望极,乱落江莲归未得。多病却无气力。况纨扇渐疏,罗衣初索,流光过隙。叹杏梁、双燕如客。人何在,一帘淡月,仿佛照颜色。幽寂,乱蛩吟壁。动庾信、清愁似织。沉思年少浪迹。笛里关山,柳下坊陌,坠红无信息。漫暗水、涓涓溜碧。飘零久,而今何意,醉卧酒垆侧。

因为羁游,心中郁积垒块,填的词没有大唐那辉煌的感觉,而有种南宋时代特有的孤凄感。一曲霓裳,来到盛唐倾城美人的足下,它就是黼黻文章,就是美人手中的繁花,而来到南宋亡国一半的诗人的手中,它不过是一小阕幽怨的词,是诗人手中一把人生孤寂的清泪。偶然发现曲谱的姜白石把这《霓裳羽衣曲》的断锦残章保存了下来。

后来清初洪昇根据白居易的《长恨歌》创作《长生殿》，里面围绕着《霓裳羽衣曲》，把这一首长诗戏剧性地展开。那杨贵妃被仙人引到月宫，听到这一曲《霓裳羽衣曲》。那仙人唱道："携天乐，花丛斗拈，拂霓裳露沾。迥隔断红尘荏苒，直写出瑶台清艳。纵吹弹舌尖，玉纤韵添；惊不醒人间梦魇，停不驻天宫漏签。一枕游仙，曲终闻盐，付知音重翻检。"

这么美的一曲霓裳，怎惊得醒人间梦魇，只会让人愈加沉沦，沉沦在这撒旦的诱惑里。后来杨贵妃终凭此曲得到了唐明皇的深宠，直到她倾了国，香消玉殒……

这些在《长生殿》里的《霓裳羽衣曲》的片段，被清末词曲大师吴梅听到，非常喜欢。一天，他在一个书摊上购得一本《霓裳羽衣曲》乐谱，就与自己的学生合作，将古代工尺谱译成五线谱、简谱和伴奏乐谱等，编排舞谱，于1926年在上海商务印书馆出版发行。而这究竟是不是杨贵妃在唐明皇面前跳的那一曲"风吹仙袂飘摇举"（白居易《长恨歌》）的《霓裳羽衣曲》就不得而知了。

关于这个曲子的缘起，其实并没有传说的那么浪漫。白居易也在自己写的《霓裳羽衣歌》里说"由来能事各有主，杨氏创声君造谱"，即河西节度使杨敬述献，总共有十二段。据南宋《碧鸡漫志》的作者王灼推断应该是西凉创作，明皇润色，又为其易美名。刘禹锡曾写过一首《三乡驿楼伏睹玄宗望女几山诗，小臣斐然有感》："开元天子万事足，唯惜当时光景促。三乡陌上望仙山，归作《霓裳羽衣曲》。仙心从此在瑶池，三清八景相追随。天上忽乘白云去，世间空有《秋风词》。"应该是西凉献曲之后，唐明皇三乡眺望，发兴求仙，因以名曲，故有这仙乐飘飘之名。

　　大唐贞元年间，有个叫关盼盼的女子很会跳《霓裳羽衣舞》。她是徐州张尚书的爱妓，当时身为校书郎的白居易曾在徐州被张尚书邀请而一睹其风采，为其留下一句"醉娇胜不得，风袅牡丹花"的诗。一欢而去后，再不相闻。突然有一天，长年待在徐州的司勋员外郎张仲素找到白居易，给白居易看自己写的《燕子楼》诗：

楼上残灯伴晓霜，独眠人起合欢床。
相思一夜情多少，地角天涯不是长。

北邙松柏锁愁烟，燕子楼中思悄然。
自埋剑履歌尘散，红袖香消已十年。

适看鸿雁岳阳回，又睹玄禽逼社来。
瑶瑟玉箫无意绪，任从蛛网任从灰。

（明）佚名《千秋绝艳图·关盼盼》

　　白居易看后，问起关盼盼的情况，张仲素说："尚书既殁，归葬东洛。而彭城有张氏旧第，第中有小楼，名燕子。盼盼念旧爱而不嫁，居是楼十余年，幽独块然，于今尚在。"

　　白居易感慨万千，也作了三首《燕子楼》：

满窗明月满帘霜，被冷灯残拂卧床。
燕子楼中霜月夜，秋来只为一人长。

钿晕罗衫色似烟，几回欲著即潸然。
自从不舞霓裳曲，叠在空箱十一年。

今春有客洛阳回，曾到尚书墓上来。
见说白杨堪作柱，争教红粉不成灰。

　　白居易哀叹的是这个善舞《霓裳羽衣曲》的女子从此以后不会再舞霓裳了。当年的那一曲，惊艳了他们相遇的时光，而此后再听说，却只听说那霓裳叠在空箱已有十一年。那么美的一个女子就这样心已成灰，让这么美的一曲霓裳就这样沉没，简直是暴殄天物！

　　《霓裳羽衣》一曲，有无数次幸运，遇见了为它起名的盛世的君主唐玄宗，遇见了为它起舞的倾国的美女杨玉环，遇见了为它写诗缀玉连珠六十年的诗人白居易。无数次幸运让它成了一个传奇，但传奇终敌不过时光的切割，最终留给人世的不过是一片片残锦剩缎。也许正如元稹说的，要跳一曲《霓裳羽衣舞》，需要倾城倾国之人才行，没有那倾了人世间的力量，怎能舞出这一曲仙人之舞呢？如今传奇无人唱，已逐霓裳飞上天，"玉辇升天人已尽，故宫犹有树长生"（李约《过华清宫》）。

李白乘舟将欲行，忽闻岸上踏歌声

踏　歌

踏歌，兴起于汉代，盛行于隋唐，老百姓一抬脚一踏地，即可成舞。因为其自娱自乐性，大可以是唐朝朝廷组织的上千人一起跳的广场舞，小可以是汪伦一个人对着李白深情难掩的踏歌。宋朝马远画了几个老农在喜不自禁地手舞足蹈，就成了一幅传世名画《踏歌图》。因其不分场地，只要情绪一来随时皆可跺地起舞的特性，踏歌成为中国生命力最旺盛的一种舞蹈，一直流传至今。

李白的小船就要出发了。

他环视着四周的风景，不禁笑起来。他本为这十里桃花而来，为这万家酒店而来，但是等他来，见到给他写信邀他来看这十里桃花、这万家酒店的汪伦时，这泾县豪士汪伦才不好意思地说："桃花是潭水的名字，并无桃花；万家是店主人姓万，并没有万家酒店。"

正当李白看着这没有十里桃花只有千尺桃花潭的风景时，忽然一阵踏歌之声传来。他回首望去，汪伦正在踏地为节，在抑扬顿挫的歌声中，手舞足蹈。李白望着一个男人为自己起舞，他的眼眶湿润了。

他为十里桃花、万家酒店的风景而来，却收获了比千尺桃花潭水更深的情谊。他无以为报，唯有以诗相许。从此，一个男人为另一个男人的踏歌之声响彻了千年时光：

**李白乘舟将欲行，忽闻岸上踏歌声。**
**桃花潭水深千尺，不及汪伦送我情。**
《赠汪伦》

唐朝穆宗长庆年间，一个行过江岸的女子蓦地听见江上一男子为她踏歌的声音。她在歌声里望着他对着自己笑，眼泪流下来，原来他是爱自己的，本以为他无情，但是此刻那情都在这踏歌声里。他为她踏歌之时，一个诗人在旁边默默地看着他们，写下了最美的一首情诗——《竹枝词》："杨柳青青江水平，闻郎江上踏歌声。东边日出西边雨，道是无晴却有晴。"被贬在夔州的诗

诗说中国　乐舞卷

人刘禹锡从长安龙街火树千灯艳的繁华踏歌舞里被逐出来，却在这僻远的地方听到了最情深意长的一曲踏歌。

踏歌，是兴起于汉代，风靡于唐代的一种民间舞。舞者成群结队地手拉手，以脚踏地，边歌边舞。《后汉书》载："昼夜酒会，群聚歌舞，舞辄数十人相随，踏地为节。"唐朝喜欢组织盛大的踏歌舞会，其中最著名的是713年元宵节，唐睿宗在长安安福门外举办了一场千人踏歌舞会，上千个女子，锦绣华服，在高二十余丈、燃着五万盏灯的火树轮下，跳了三天三夜。那场景只如诗人张说所言："花萼楼前雨露新，长安城里太平人。龙衔火树千灯艳，鸡踏莲花万岁春。"（《踏歌词》）

这些盛大的踏歌舞点燃了唐朝的夜晚，也点燃了诗人的笔，连

〔南宋〕梁楷《太白行吟图》

他们的诗都闪烁着那星火的光亮。

我们在诗人崔液的《踏歌词》中，看见了踏歌开始时，"彩女迎金屋，仙姬出画堂。鸳鸯裁锦袖，翡翠帖花黄。歌响舞分行，艳色动流光"，看见了踏歌结束后，"庭际花微落，楼前汉已横。金壶催夜尽，罗袖舞寒轻。乐笑畅欢情，未半著天明"。

在初唐诗人谢偃的《踏歌词》里，我们看见了踏歌舞是怎样地曼妙华丽：

　　**逶迤度香阁，顾步出兰闺。**
　　**欲绕鸳鸯殿，先过桃李蹊。**
　　**风带舒还卷，簪花举复低。**
　　**欲问今宵乐，但听歌声齐。**

　　**夜久星沉没，更深月影斜。**
　　**裙轻才动佩，鬟薄不胜花。**
　　**细风吹宝袂，轻露湿红纱。**
　　**相看乐未已，兰灯照九华。**

这是火树银花不夜天的大唐啊！

而这两首《踏歌词》初出于世，就是踏歌中最早的文学样式。后来《踏歌词》开始流传开来。众多诗人都喜欢以笔来踏一曲歌，刘禹锡的作品最广为流传，他一口气写了四首《踏歌词》：

春江月出大堤平，堤上女郎连袂行。
唱尽新词欢不见，红霞映树鹧鸪鸣。

桃蹊柳陌好经过，灯下妆成月下歌。
为是襄王故宫地，至今犹自细腰多。

新词宛转递相传，振袖倾鬟风露前。
月落乌啼云雨散，游童陌上拾花钿。

日暮江头闻竹枝，南人行乐北人悲。
自从雪里唱新曲，直至三春花尽时。

　　《太平广记》记有一个叫蓝采和的乞丐，喜欢踏歌于市。"常衣破蓝衫，六銙黑木腰带，阔三寸余。一脚着靴，一脚跣行。……每行歌于城市乞索，持大拍板，长三尺余，常醉踏歌。老少皆随看之。机捷谐谑，人问，应声答之，笑皆绝倒，似狂非狂。行则振靴言踏歌：'踏歌蓝采和，世界能几何。红颜一春树，流年一掷梭。古人混混去不返，今人纷纷来更多。朝骑鸾凤到碧落，暮见苍田生白波。长景明晖在空际，金银宫阙高嵯峨。'"

　　他歌词很多，都有仙意，人们给他钱，他就用长绳穿起来，拖地而行。有时散落了，也不回顾，见到穷人，就给他们，或去酒家买酒。他周游天下，有人在孩童时代见到他，到自己头发白了再见到他，他颜状如故。后来，他踏歌

乐舞蹁跹　李白乘舟将欲行，忽闻岸上踏歌声

于濠梁间酒楼，乘醉，有云鹤笙箫声，忽然轻举于云中，掷下靴衫、腰带、拍板，冉冉而去。

这样一个喜欢于闹市踏歌又好拖钱而行的人，一醉就升了天，成了后来"八仙"里的蓝采和。

而这种连神仙也喜欢的舞蹈踏歌，大概从先秦《击壤歌》的时候就开始了。田里辛勤劳作了一天的人们，走到田埂上，一跺脚就唱出惊天动地的歌谣来："日出而作，日入而息，凿井而饮，耕田而食，尧何力于我也！"

〔明〕王圻辑《三才图会·击壤图》

如今，在中国少数民族聚居的地区，也还有很多辛勤劳作一天的人们聚而秉火踏歌。当远远听得那踏歌的伴奏芦笙一响，在家里哄孩子睡觉的妈妈们就心急如焚唱起来："乖乖要睡快些睡，阿妈去打两转歌。"可是那歌声逗得小孩更睡不着了，于是只好"芦笙一响待不住，背着娃娃来打歌"。

他们寻觅着那踏歌的声音，从对面的山翻过来，一直踏歌到鸡鸣清晓，才又翻山回去。而听得哪家有婚事，人们更是从四面八方聚过来，为的就是来到火堆前一起"联袂踏歌从此去，风吹香气逐人归"（储光羲《蔷薇》），"人

人齐醉起舞时，谁觉翻衣与倒帻"（张籍《燕客词》）。这样的夜里，若那"天上姮娥遥解意，偏教月向踏歌明"（张谔《句》[1]），连神仙鬼魂都会期待，期待未眠的人们与他们共度黑暗的漫漫长夜。

而男女青年往往借跳舞的机会联袂踏歌而去，携手牵引而回，他们习惯于在舞蹈中找到自己的心上之人，真是应了唐朝张祜的一句诗："看看舞罢轻云起，却赴襄王梦里期。"（《观杨瑗柘枝》）

踏歌，在中国崇尚静态之美的文明里，是一处动态的存在，好比那些诗词画卷里，乾坤是中国的青山万重，不动而绵长，而其间中国老百姓的歌舞就是那碧水千隈，因为流动千年而绵长。

不过，只可惜这样的动态美不能汇成长江万里，一脉相传，只能万水天天泻为桃花溪，藏在青山万叠里，偶尔遇见了，就在这叠叠挼蓝烟岫色里，听到几分淙淙鸣玉晚溪声。这声音送来几千年的落花，你见着溪上浮载的落花，知道那些历史的东西一定还在某处桃之夭夭。当这一片藏在深山里的桃花逃成落花流水，而片片残花绕你身的时候，你就知道那千年舞蹈里人意的烂漫尚在某处存着这么两三分。

我的家乡，是云南群山深处的一个小县城，新建了一个大广场。小城的人每到傍晚，就把这个大广场变成一个大舞场，而从来没见过的千人踏歌的传统也因此恢复了。凭空一想，那气势，当是一城为舞狂。

[1] 《句》两联皆据日本上毛河世宁《全唐诗逸》卷增补。原注见《千载佳句》。

有一些传统的东西要恢复其实很简单，给一个舞台，自然就会有人"逶迤度香阁，顾步出兰闺"，在"风带舒还卷，簪花举复低"的整妆待舞里，"欲问今宵乐，但听歌声齐"（谢偃《踏歌词》）。中国传承几千年的文明里，从来就不只是单调的理性，也没有现代西方科学冷冰冰的一面，中国人的传统文明更有那"镂月为歌扇，裁云作舞衣"（李义府《堂堂词》）的浪漫，中国人喜欢把生存的理性诗意化，把生命的难题浪漫化。

所以，让李白不能忘记的分别的声音是"岸上踏歌声"；让唐朝一个无名的诗人看踏歌的妻子看成了花痴而惊叹成一句"芙蓉初出水，桃李忽无言"（尉迟匡《观内人楼上踏歌》）；而宋代的张武子亦有诗说一城之人争先恐后去跳舞的癫狂："帖帖平湖印晚天，踏歌游女锦相牵；都城半掩人争路，犹有胡琴落后船"（《西湖晚归》）。

从新石器时的舞蹈纹陶盆里老百姓连臂而舞的线条画开始，到晋代《西京杂记》里说逢年过节老百姓"相与连臂，踏地为节，歌赤凤凰来"，到北宋《太平广记》里一个落地仙人蓝采和踏歌于市的癫狂的记载，再到南宋《武林旧事》里写元夕时候南宋京城临安，李筼房有无题诗云："斜阳尽处荡轻烟，辇路东风入管弦。五夜好春随步暖，一年明月打头圆。香尘掠粉翻罗带，蜜炬笼绡斗玉钿。人影渐稀花露冷，踏歌声度晓云边。"这踏歌就成为几千年来让诗人、画家和老百姓都喜欢的大联欢。陌上的一个成了陌边观看风景的那个眼里可缓缓归的风景，而陌边看风景的这个成了陌上花开的那个人的梦。

有了好景才有好词，有了好词，中国的江山才会如此多娇。

诗说中国　乐舞卷

94

〔宋〕马远《踏歌图》

只是随着西方文明的渗透，中国文明里"花下傞傞软舞来"（张祜《春莺啭》）的最娉婷袅娜的这一块，却渐渐到了终场，这些舞者已经是"舞来汗湿罗衣彻，楼上人扶下玉梯"（王建《宫词》）的阑珊散场，当她们"归到院中重洗面，金花盆里泼银泥"（王建《宫词》）洗尽盛妆做素人的时候，那起舞的衣声渐至消停，迎来"鸳瓦霜消湿，虫丝日照明"（薛能《升平词》）的寂寞的清晨，这清晨的迷茫里，少了多少人意的烂漫！

深受西方文明影响的我们如今已是很久没有用诗意的脚步去踏过一曲古老长歌了。幸亏，重建对自己文明信心的我们还来得及找到埋在深山里的一片片桃花林而下自成蹊，引众人前来，"重教按舞桃花下，只踏残红作地裀"（花蕊夫人《宫词》）。

但是，重新找回的东西里，总会有几分残缺。

想那刘禹锡看完一夜踏歌沿着清晨一片狼藉的陌上写诗说："新词宛转递相传，振袖倾鬟风露前。月落乌啼云雨散，游童陌上拾花钿。"

如今踏歌的女子无花钿可戴，所以，这清晨的陌上，再也不会有游童陌上拾花钿的旖旎了，再也不会有了。

残缺的那一块拼图再新做出一块一样的，亦是跟原来的拼凑不成圆满。新的东西，是浮在层面上的落花，总不会有沉在水底成翡翠的那种岁月浓浓的味道。

但，总幸亏还有几朵落花可以看见吧。

所以，很想回家乡去看看是否"城中春色还如此，几处笙歌按舞腰"（徐铉《山路花》），去看看画家马远的笔下那几个宋朝的老人正踏足我家乡的群山,他们刚从谁家的婚宴里踏歌出来,犹不尽兴,趁着醉意继续踏歌归去,那击节之声咚咚地击响峥嵘的时光,他们的笑声藏在这山河岁月里,原来一直没有远逝过……

商女不知亡国恨，隔江犹唱后庭花
——玉树后庭花

《玉树后庭花》，词曲艳丽，南朝陈后主（陈叔宝）所作。"玉树"当是后主自喻，"后庭花"是他对自己后宫粉黛的赞美。作曲两年后，陈朝被隋所灭，此靡靡之曲也被视为"亡国之音"。有容乃大的唐朝将此曲发展成集歌、舞、乐于一体的大曲，其乐谱被日本遣唐使带到日本而保存下来。但安史之乱后，被流言所惊的唐朝正史也避而不谈此曲，只有诗人的诗还为它哀婉悱恻，隔江犹唱。

848年，载着诗人杜牧的小船静静地停泊在秦淮河上，在等着一曲袭空而来，带他穿越到二百多年前那个叫南朝的绮靡没落的时代。

那一曲来了，依然披着那纸醉金迷的华裳艳光四射地来了：

> 丽宇芳林对高阁，新装艳质本倾城。
> 映户凝娇乍不进，出帷含态笑相迎。
> 妖姬脸似花含露，玉树流光照后庭。
> 花开花落不长久，落红满地归寂中。
>
> 陈叔宝《玉树后庭花》

这昔日的绮靡之曲《玉树后庭花》在这繁华的秦淮河上鳞次栉比的酒家里，由不知谁家的歌女唱出来，如彗星横空扫过此间的天空，击碎了几百年的时光。历史的碎片五彩缤纷散落之际，四十六岁的诗人穿过层层碎玉金粉，来到了那个叫作南朝陈的时代。南朝昔日的京师就在眼前，那秦淮河岸的酒家没变，那商女唱的《玉树后庭花》没变，在这奔腾不息的岁月的逝水之上，诗人一脚踏空，踏进了同一条秦淮河：

> 烟笼寒水月笼沙，夜泊秦淮近酒家。
> 商女不知亡国恨，隔江犹唱后庭花。
>
> 杜牧《泊秦淮》

后庭花，是一种花，据南宋王灼《碧鸡漫志》载，应该是一种鸡冠花："吴蜀鸡冠花有一种小者，高不过五六尺。或红，或浅红，或白，或浅白，世目曰后庭花。"南朝最后一个朝代的君主陈叔宝很喜欢艳词，每次宴请宾客，便让诸贵人及女学士与狎客共赋新诗相赠答，采其尤艳丽者为曲调。陈后主以乐府情歌里的《玉树后庭花》为曲名，填上新词。

他用这一曲歌唱他的末世狂欢，此刻他的眼光穿过那华丽的殿宇，穿过那繁花似锦的林苑，抵达那高高的绮阁。那浓妆艳服的倾城女子迭次而出，她们的脸盘如花盛开，她们身后玉树的流光照亮了后庭。《碧鸡漫志》里说："云阳县多汉离宫故地，有树似槐而叶细，土人谓之玉树。"

陈叔宝做了皇帝之后，在光昭殿前起临春、结绮、望仙三阁，高数十丈，并数十间。其窗牖、壁带、悬楣、栏槛之类，皆以沉、檀等香木为之，又饰以金玉，间以珠翠，外施珠帘，内有宝床宝帐，其服玩之属，瑰丽皆近古未有。每微风暂至，香闻数里；朝日初照，光映后庭。其下积石为山，引水为池，植以奇树，杂以花药。后主自居临春阁，他的爱妃住其他高阁，其中最宠爱的张丽华居结绮阁，她在阁上梳妆时，临于轩槛，宫中遥望，飘若神仙。五代的一个诗人孙元晏就感叹过：

结绮高宜眺海涯，上凌丹汉拂云霞。
一千朱翠同居此，争奈恩多属丽华。

《结绮阁》

但是这南朝的灯红酒绿不过是陈后主倾一国最后之力点燃的,他烧了最后的南朝,才在这烈火燃烧中获得这一点烁亮,这火烧尽,南朝也就被隋灭亡了。

这个把政事当作副业、把欢歌宴乐视为主业的陈后主,在夜夜笙歌中葬送了南朝,这是他给予南朝的最欢乐的葬礼。

在隋军攻下南京直入朱雀门时,一君一臣守着空旷的朝廷殿堂。眼见这般凄凉的景象,陈后主感伤地对这一个留下的人说:"我从来待卿不先余人,今日见卿,可谓岁寒知松柏后凋也。非唯由我无德,亦是江东衣冠道尽。"说完也急着找地方去躲。而留下的这个大臣希望陈后主正衣冠、御正殿以维系最后为王的尊严,慨然面对惨败的结局。后主不从,下榻急走,说:"锋刃之下,未可儿戏,朕自有计。"

他的计策就是奔至后堂,与自己最爱的妃子张丽华、孔贵嫔三人并作一束,同投井中躲藏。等隋兵呼哧呼哧把他们拉上来后,才发现原来后主不是体胖,而是因为与张丽华、孔贵嫔同束而重,隋兵皆大笑。据说三人被提上来时,张丽华的胭脂蹭在井口,后人就把这口井称作"胭脂井"。

本来杨广私嘱一将领勿害张丽华之性命,但等这将领见到张丽华,便以"昔太公灭纣,尝蒙面斩妲己,此等妖妃,岂可留得"为借口,将她杀了。唐朝诗人张祜悲叹过张丽华的命运:

轻车何草草,独唱后庭花。

玉座谁为主,徒悲张丽华。

《玉树后庭花》

诗说中国　乐舞卷

〔唐〕佚名　《宫乐图》

乐舞蹁跹　商女不知亡国恨，隔江犹唱后庭花

这个陈后主在欢歌岁月时所写的《玉树后庭花》被称为了"亡国之音"。这个流光溢彩的六朝，以一曲《玉树后庭花》终结于金陵，这秦淮河边。最后一句"花开花落不长久，落红满地归寂中"，在最早收录此诗的郭茂倩的《乐府诗集》里并没有，应该是后人附会此曲的亡国之兆臆造的句子。

而这亡国之曲，也成为诗人感叹历史峥嵘的情感抒发点。刘禹锡曾一直很想游金陵而未得，在做和州刺史时，常常踮脚望金陵的方向，望久了，想到那六朝繁华古都今何在而感叹生思写得五首《金陵五题》。他写了那乌衣巷口的旧时堂前燕，飞入了寻常百姓家，写了"山围故国周遭在，潮打空城寂寞回"（《石头城》）的石头城，还写了《江令宅》："南朝词臣北朝客，归来唯见秦淮碧。池台竹树三亩余，至今人道江家宅。"当然，他也写了陈后主建临春、结绮高阁的《台城》：

　　台城六代竞豪华，结绮临春事最奢。
　　万户千门成野草，只缘一曲后庭花。

一曲亡国，这就是诗人对一个时代终结的最浪漫的总结。他们不愿去细究那腥风血雨的王朝更替，他们只愿关注那一曲《玉树后庭花》中的一城轰塌。这种意象太凄美，让一个王朝的崩塌就像是一场彗星的陨落、一次烟花的绽放，而诗人看着它在最绚烂的时刻沉没，那种美让人心碎。

这曲《玉树后庭花》走过了一个个时代，走过了大唐最盛的时候，来到了大唐走向没落的此刻，来到了杜牧停泊在秦淮的这艘小船上。大唐盛美之时，它因亡国之身不显于世，而当大唐步入末世之际，这亡国的靡靡之音让诗人警醒得如听见了寒蝉鸣泣。

就像中国的画家喜欢荒寒之境，因为在以形媚道的山水里，荒寒之地最易显现道的行迹。而中国的诗人不仅可以拈起金丝在繁花似锦上锦上添花，更会在枯花凋败之境里抹挑勾剔、轮拨滚拂自己志思蓄愤的心弦，去锤击末世的黑暗。

大唐的诗人在盛唐创造出了司空图说的豪放的意境："观花匪禁，吞吐大荒。由道返气，处得以狂。天风浪浪，海山苍苍。真力弥满，万象在旁。前招三辰，后引凤凰。晓策六鳌，濯足扶桑。"（《二十四诗品》）亦在晚唐尽情吐露着悲慨的情怀："大风卷水，林木为摧。适苦欲死，招憩不来。百岁如流，富贵冷灰。大道日丧，若为雄才。壮士拂剑，浩然弥哀。萧萧落叶，漏雨苍苔。"（《二十四诗品》）所以李泽厚说："战国秦汉的艺术，表现的是人对世界的铺陈和征服；魏晋六朝的艺术突出的是人的风神和思辨；盛唐是人的意气和功业；那么这里（晚唐）呈现的则是人的心境和意绪。"

盛唐的诗人很壮丽，是鹰，是鹤，是莺燕，振翅在大唐的长空；而晚唐的诗人很婉约，他们在大唐之夜里如秋蚕苦吟，如"花叶脱霜红，流萤残月中"（冯延巳《菩萨蛮》）。

848年，诗人杜牧以大唐之身进入这末代南朝未变的画境里，陡然醒悟：原来我已经来到晚唐了啊。所以他在银烛秋光冷画屏时，拿起轻罗小扇扑流萤，在天阶夜色凉如水时，卧看牵牛织女星。晚唐这些诗从诗人嘴里一吟哦，就如黛玉葬花，已是慵扫落花春尽时。

一出大戏已经落幕，花开倦了，苍生也倦了，人间悲抑的情绪纷至沓来。一出出大唐幽情暗生的折子戏纷纷上演，每一出折子戏里每一个人物的个性之宽度和生之深度都在戏中延展。他们不像大唐的李白高高在上，辉映日月，他们走在一条条人生幽暗的小路上，演绎着人间"夕阳无限好，只是近黄昏"（李商隐《乐游原》）的情绪，国事无望也罢，抱负落空也罢，身世沉沦也罢，醉生梦死也罢，以诗记之。他们记下了"十年一觉扬州梦，赢得青楼薄幸名"（杜牧《遣怀》），记下了"此情可待成追忆，只是当时已惘然"（李商隐《锦瑟》），记下了"那堪独立斜阳里，碧落秋光烟树残"（刘沧《秋日过昭陵》），记下了"溪云初起日沉阁，山雨欲来风满楼"（许浑《咸阳城东楼》）……

当历史一页一页翻过，大部分人湮没无痕，包括那一个个时代的得意者，但这些以诗之痛记人生之痛、以诗之欢记人生之欢的诗人，无论年华似水，怎样不舍昼夜地流逝，他们依然是悬挂在银河之上的万朵星辰，历史的大河因为他们而闪亮。

此刻，在晚唐诗人的身上，大唐这袭华丽丽的袍子已经被虱子咬得破败不堪，可是在荒茫的时代中，因为有了这一个个晚唐诗人的点石成金，这个时代竟也是有凤来仪般金贵。一首杜牧的《泊秦淮》，让《玉树后庭花》逶迤而来，撒下六朝金粉，装饰出一个金玉之世的记忆。

在这种记忆里，凭吊南朝成了晚唐诗人最大的共鸣点。汪遵有《陈宫》一首："椒宫荒宴竟无疑，倏忽山河尽入隋。留得后庭亡国曲，至今犹与酒家吹。"李商隐有《隋宫》一首："紫泉宫殿锁烟霞，欲取芜城作帝家。玉玺不缘归日角，锦帆应是到天涯。于今腐草无萤火，终古垂杨有暮鸦。地下若逢陈后主，岂宜重问后庭花。"能去再问陈后主还想再听那一曲《玉树后庭花》吗？他不敢再听，可是诗人却在晚唐听得那么清楚，因为这个时代就要结束了，与其说凭吊南朝，毋宁说是祭奠他们自己。

一生行走在大唐最繁华锦绣里的李白，一天在"风吹柳花满店香，吴姬压酒劝客尝"（李白《金陵酒肆留别》）的金陵，突然听到了一曲《玉树后庭花》。他抬头看着那苍苍金陵月，空空悬在这帝王州上，那星宿依然焕彩于天宇之上，那金陵的王气却随着大江滚滚东流，流成一汪波澜不惊的江湖。青青翠柏崩裂了这六朝的古丘，那繁华的鸤鹊观和凤凰楼，那美丽的清暑殿和乐游苑，如今都成了断垣残壁。这一曲《玉树后庭花》，让整日在金陵学"谢公正要东山妓，携手林泉处处行"（《示金陵子》）的李白心中顿生悲凉：

苍苍金陵月，空悬帝王州。
天文列宿在，霸业大江流。

> 绿水绝驰道，青松摧古丘。
> 台倾鸦鹊观，宫没凤凰楼。
> 别殿悲清暑，芳园罢乐游。
> 一闻歌玉树，萧瑟后庭秋。
>
> ——《月夜金陵怀古》

这个时候花还未开倦，岁月静好，人世安稳，听玉树之歌，却依旧萧瑟了诗人的烦嚣之心。《玉树后庭花》，萧萧瑟瑟地站在大唐的繁华豪迈之外，来到了晚唐，来到了诗人杜牧的小船上，在这寂静的就要闭幕的大唐之夜里，它轻轻的一声，顿时击碎了日日醉中虚度的诗人的梦，让他这个大唐夜路上的行人欲断魂。在诗人梦的碎片如清明时节雨纷纷之时，晚唐的帷幕徐徐落下了。

几百年后，在丢了半壁江山的南宋，女诗人朱淑真轻轻揭开这幕布看了看，叹了一口气说："岂意为花属后庭，荒迷亡国自兹生。至今犹恨隔江唱，可惜当时枉用情。"（《后庭花》）女诗人不想去看这《玉树后庭花》的亡国之意，她看见的是一个故事，一个女子唱这一曲《玉树后庭花》，想赢得那渡江的诗人回首一望，但是诗人回望的时间太久远，越过了身在大唐的她的豆蔻年华，一直看到了几百年前，那早成了劫灰的南朝红粉还在秦淮河上唱《玉树后庭花》之时。

一千多年后，一个叫傅承得的海外诗人来到了杜牧的小船上，此时的秦淮河边"一幅山水唤出一场归梦/两双筷子竖起两帧船帆/饱风之后滑向秦淮/不见商女,不听后庭花"。

　　我们行进了很多个时代,我们获得了很多很多东西,但是我们也永远失去了那些可以歌之可以舞之的《玉树后庭花》。

乱入池中看不见，闻歌始觉有人来

采莲曲

"江南可采莲，莲叶何田田"，有莲的地方，就有击水而歌的采莲曲。这些曲子，从汉代流到了现代，蜿蜒流经各个行经江南路遇采莲的诗人的笔下。因歌而诗，再因诗而歌，一曲曲皆歌颂那些江湖里的采莲女，再由那些采莲女对着满湖荷花吟唱出来，美人和花便成了最美的诗境。

740年，也就是唐玄宗与杨贵妃在华清宫相会开始一场倾城倾国的旷世爱情的这一年，诗人王昌龄离开长安，去往江宁任职。江宁也就是现在的南京。他将去往一个就像佛经说的世界起始的地方："彼诸山中，有种种河。百道流散，平顺向下，渐渐安行，不缓不急，无有波浪。其岸不深，平浅易涉。其水清澄，众华覆上。""其水清澄，众华覆上"，那是一个莲花开遍江湖的地方，送他的朋友李颀也写了一首《送王昌龄》说他要去的地方："夜来莲花界，梦里金陵城。叹息此离别，悠悠江海行。"

王昌龄来到了江南，这是一个让诗人与之相遇，曾经庇峻岫之巍峨的心顿时塌陷成藕翠兰之芳茵的地方。这个到北方写出"但使龙城飞将在，不教胡马度阴山"（《出塞》）、"黄沙百战穿金甲，不破楼兰终不还"（《从军行》）等壮志凌云的诗句的诗人，到了这莲花开遍的江南，看见那涉江采芙蓉的女子，也情不自禁变作那情窦初开的少年，怔怔望着那满湖荷花，采莲女子消失的地方，怅然地听着歌声从荷花深处传来：

荷叶罗裙一色裁，芙蓉向脸两边开。
乱入池中看不见，闻歌始觉有人来。

吴姬越艳楚王妃，争弄莲舟水湿衣。
来时浦口花迎入，采罢江头月送归。

《采莲曲》二首

来时花迎，去时月送。江南让一个雄心壮志的诗人的剑戟化成蔓草，让他的笔锋一转生出一朵花来，点在江南的江湖上，一朵一朵生出采莲曲。

这些女子唱的歌，也许就是那一曲《江南》：

江南可采莲，莲叶何田田。
鱼戏莲叶间：鱼戏莲叶东，鱼戏莲叶西，鱼戏莲叶南，鱼戏莲叶北。

这是一首汉代的采莲歌，被汉代乐府收录在《相和歌辞》里。乐府掌管郊祀、巡行、朝会、宴飨时的音乐，同时还采集民间歌谣。这首被采集的民谣可谓是采莲诗的鼻祖。

相和，《宋书·乐志》说："汉旧曲也，丝竹更相和，执节者歌。"王昌龄的这两首《采莲曲》，便是可以与丝竹相和而歌的相和歌辞。他还有一首《采莲曲》：

越女作桂舟，还将桂为楫。
湖上水渺漫，清江初可涉。
摘取芙蓉花，莫摘芙蓉叶。
将归问夫婿，颜色何如妾。

江南是个温婉的地方，诗人到此，也要将男身换上女心，去写下女人的心思。能写出这份心思的诗人，此时的心定是温柔似水的。江南的柔媚之骨披上水佩风裳，再加上吟唱采莲曲的声音，这就是最情意盎然的江南。

从乐府的相和歌辞《江南》开始，每个来到江南的诗人都情不自禁要留下一首《采莲曲》。江南如此繁花似锦，让诗人怎不想要锦上添花？

江南，红花开满了水边，池塘里盛着一汪碧玉。那采莲的女子在江湖上相遇，怕走散了，就把采莲舟并排在一起。在诗人眼里，这江湖上的一场相遇是如此浪漫可爱，描绘下来就是崔国辅的一首唯美的小诗：

> 玉溆花红发，金塘水碧流。
> 相逢畏相失，并著采莲舟。
> 《采莲曲》

菱叶缠绕着水波，荷叶摇曳在风中，小船渐渐行到荷花深处，那采莲的女子遇见少年郎，想要跟他说句话却害羞得低下头来轻笑。这一笑，那碧玉搔头就滑落到了水中。这样的情意绵绵之境，被白居易看到了，就成了这样一首《采莲曲》：

> 菱叶萦波荷飐风，荷花深处小船通。

逢郎欲语低头笑，碧玉搔头落水中。

那涉江采芙蓉的女子，在这茫茫江湖上都想要在采莲时遇见一个同心人，所以要唱起采莲歌，才能引得岸上游冶郎相顾。她们的歌声引来了一个个诗人踯躅，听她们在明月下清歌，等她们在花落前归来：

妾家越水边，摇艇入江烟。
既觅同心侣，复采同心莲。
折藕丝能脆，开花叶正圆。
春歌弄明月，归棹落花前。

徐彦伯《采莲曲》

她们的歌声如此之美，引得游鱼都在莲花畔停下来静静地听：

采莲竭来水无风，莲潭如镜松如龙。
夏衫短袖交斜红，艳歌笑斗新芙蓉，戏鱼住听莲花东。

鲍溶《采莲曲》

采莲归来时，还要问问谁家住得远，正好同行，一起行在暮潮上：

秋江岸边莲子多，采莲女儿凭船歌。
青房圆实齐戢戢，争前竞折漾漾波。
试牵绿茎下寻藕，断处丝多刺伤手。
白练束腰袖半卷，不插玉钗妆梳浅。
船中未满度前洲，借问阿谁家住远。
归时共待暮潮上，自弄芙蓉还荡桨。
张籍《采莲曲》

温庭筠曾经写过一首《张静婉采莲曲》。张静婉是南北朝时期梁的大将军羊侃的舞女，腰围一尺六寸，能掌中舞。羊侃性豪侈，善音律，自造《采莲》《棹歌》两曲，甚有新致。张静婉跳《采莲曲》，如在荷叶上起舞，柔媚不已。温庭筠想象着她跳舞的情境，看见了一个爱情故事的悲欢离合，写成了这首《张静婉采莲曲》：

兰膏坠发红玉春，燕钗拖颈抛盘云。
城西杨柳向娇晚，门前沟水波潾潾。
麒麟公子朝天客，珮马珰珰度春陌。
掌中无力舞衣轻，翦断鲛绡破春碧。
抱月飘烟一尺腰，麝脐龙髓怜娇娆。
秋罗拂水碎光动，露重花多香不销。

> 鸂鶒交交塘水满,绿萍如粟莲茎短。
> 一夜西风送雨来,粉痕零落愁红浅。
> 船头折藕丝暗牵,藕根莲子相留连。
> 郎心似月月易缺,十五十六清光圆。

这个女子很美,刚睡醒的时候肌肤如玉、色红如春,燕钗斜歪在颈边,发髻散落。她家本在城西桥边杨柳旁,门前有水,波光粼粼。有一天羊侃这贵公子骑着马一路跶跶地走在春陌上,看见张静婉就带走了她,让她穿上用鲛绡裁成的碧绿色的舞衣,轻盈地在掌上柔若无骨地跳着舞。那一尺腰曲折如抱月,舞动如飘烟,身上散发着麝香龙涎香的芬芳。她本是采莲女,轻薄的罗衣拂过水面时波光涟漪,那时她就像那露水打湿却依然散发芬芳的花朵,与情郎如水鸟双双偎依,交交鸣歌,游过满满的湖水,行过的春水绿萍如粟米点点,莲茎尚短。一夜西风送雨来,莲花零落色变浅,就像美人被风雨洗掉了脂粉。可是船上折了藕,它的丝依然暗牵,藕根和莲子互相留恋。我那心上人的心虽然如月缺不能圆满,但十五十六心就会在一起团圆。

这是温庭筠自己演绎的故事,他在序言里说:"静婉,羊侃伎也,其容绝世。侃自为《采莲》二曲,今乐府所存失其故意,因歌以俟采诗者。事具载梁史。"他写这首诗只是想让官府采诗人采集,使自己的政治诉求以诗歌的方式被官府采诗人收纳。而写《采莲曲》的诗人大多也抱着这种想法,希望自己的诗词能进入官方正式出版物里得以长存。

726年，二十六岁的李白正四处闯荡，来到了江南的越中，也就是现在的绍兴。在若耶溪畔，他遇见了那采莲的女子，正隔着荷花与人笑语。这个时候的人间对于年轻的诗人来说多么美好，千金尚未散尽，自己还是那骑着紫骝的游冶郎，还可以幻想一场不知衣食之忧的爱情：

> 若耶溪傍采莲女，笑隔荷花共人语。
> 日照新妆水底明，风飘香袂空中举。
> 岸上谁家游冶郎，三三五五映垂杨。
> 紫骝嘶入落花去，见此踟蹰空断肠。
> 
> 《采莲曲》

不过这只是一场旅途上的心动罢了，明知自己不能长留，只能策马在落英缤纷中缓缓而去，可是自己的心到底还是为这场不能停留的相遇悲伤了。他打江南走过，看见那女子貌美如花，而自己嗒嗒的马蹄声的到来却只是个错误。可惜他不是归人，只是过客。

江南的女子在李白的心里却不是过客，而是一个触动心灵里那一丝青春悸动的存在。这个正在唱采莲歌的江南女子见李白在看她，佯羞地咯咯笑着躲进了荷花里，再也不肯出来，让年轻的诗人怅惘地为她写下了一首《越女词》：

耶溪采莲女，见客棹歌回。
　　笑入荷花去，佯羞不出来。

　　采莲女，她们不会被养在深闺人不识，她们坦荡荡地行到江湖里，与世人相遇，她们的美从来不会如王维的《辛夷坞》："木末芙蓉花，山中发红萼。涧户寂无人，纷纷开且落。"她们沿着人间千陌一路开放，让人们陌上看花缓缓归，去遇见人间至美的风景而成为诗人。

　　南朝梁元帝萧绎，这个就像南唐后主一样的才子、亡国皇帝，也写过一曲很美的《采莲赋》：

　　妖童媛女，荡舟心许。
　　鹢首徐回，兼传羽杯。
　　棹将移而藻挂，船欲动而萍开。
　　尔其纤腰束素，迁延顾步。
　　夏始春余，叶嫩花初。
　　恐沾裳而浅笑，畏倾船而敛裾。
　　故以水溅兰桡，芦侵罗荐。
　　菊泽未反，梧台迥见。
　　荇湿沾衫，菱长绕钏。

> 泛柏舟而容与，歌采莲于枉渚。
> 歌曰："碧玉小家女，来嫁汝南王。
> 莲花乱脸色，荷叶杂衣香。
> 因持荐君子，愿袭芙蓉裳。"

诗里那漂亮的少年、美丽的少女荡舟在湖水之上，春情萌动。那船儿缓缓掉过头来，传递羽觞。水草挽着船桨不让它离去，浮萍向两边荡开为船儿让行。那美丽的女子扭动着纤纤腰肢，徘徊不前，不肯离去，恋恋不舍频频回顾。春末夏初，正是最好的时光，叶嫩花初开。好怕衣裳被水珠沾湿而低声浅笑，怕船倾翻而紧抓裙裾，于是以船桨轻击水面缓缓向前，芦花点点落在罗裳细绢上。荡舟湖上不思归，梧台已远远可见。从水里捞起的荇菜弄湿了衣衫，长长的水草缠住了手镯。柏木舟浮在水上多自在，情不自禁要高唱一曲采莲歌："那碧玉小家女，前来嫁给汝南王啊。莲花映着她的脸色，荷叶染上了她的衣香。手持莲花献给君子，想要穿上它做的衣裳啊。"

多么美的采莲画面，那唱采莲歌的女子，那荷花开遍的水面，那写诗的诗人，让江南的采莲事成为最富诗情画意的事，让读诗的人情不自禁生出一种叫江南的情结：去江南采莲。

僧人李叔同也来了，他来到了西湖边上，看见了西湖边上那一朵朵佛法的莲花绽放，所以他写了一首《采莲》：

采莲复采莲，莲花莲叶何蹁跹！

露华如珠月如水，十五十六清光圆。

采莲复采莲，莲花莲叶何蹁跹！

在他的眼里，佛法就是莲，他大半生都在涉江采芙蓉。他看不见那采莲女，他自己就是那采莲女。所以他也如那采莲女一般善歌，不过他唱的不是卿卿我我的爱情，而是人间的大爱，是佛法浩瀚无边的境界。他洞彻人世的繁华，就像看美女他看到的不是色，而是空空如也，他看见的人生不过是一个废墟：

看一片平芜，家家衰草迷残砾。

玉砌雕栏溯往昔，影事难寻觅。

千古繁华，歌休舞歇，剩有寒蛩泣。

《废墟》

而在莲花遍布的江湖上，他看见了另一种勃勃生机几千年依然荡漾，那莲花从来不会从水上消失，那采莲的女子也不会消失。她们在无数个年代采莲，这一采采了几千年，那秦汉消失了，那南北朝消失了，那隋唐消失了，那宋明清消失了，但是采莲女还在，还在江湖上唱着那一曲又一曲新的采莲歌来采莲，采完莲在皓月之下满载收获而归。

李叔同也轻轻地采下一朵莲，抬头望那送采莲女归去的悬空皓月，他看见了一个大境界：

> 仰碧空明明，朗月悬太清。
> 瞰下界扰扰，尘欲迷中道。
> 惟愿灵光普万方，荡涤垢滓扬芬芳。
> 虚渺无极，圣洁神秘，灵光常仰望！
> ——《月》

这个境界，终究让李叔同走进了伽蓝，换上了袈裟，改俗世的名号李叔同为弘一法师。

1925年，诗人朱湘跟指腹为婚的女子刘彩云结婚。结婚的这一年，在美好的"人生若只如初见"的时光里，朱湘写了现在被选入中学教材的那一首动人的《采莲曲》：

> 小船啊轻飘，
> 杨柳呀风里颠摇，
> 荷叶呀翠盖，
> 荷花呀人样妖娆。
> 日落，

诗说中国 乐舞卷

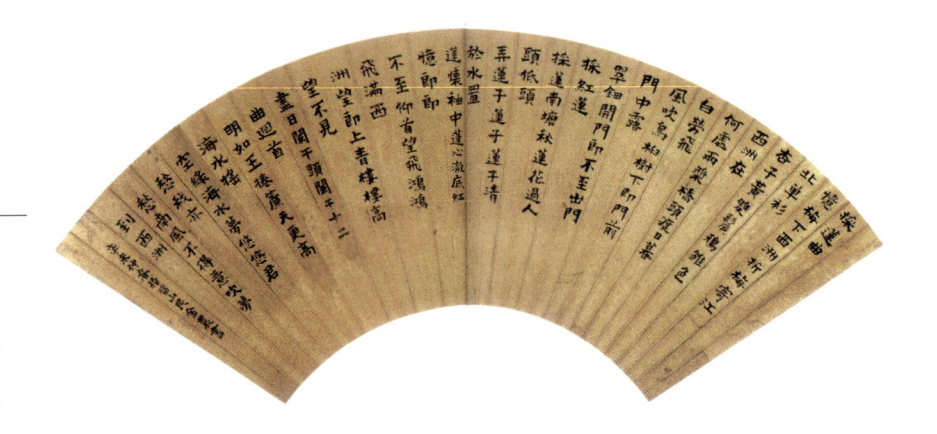

[清] 金农隶书《采莲曲》

微波，金线闪动过小河。

左行，

右撑，

莲舟上扬起歌声。

菡萏呀半开，

蜂蝶呀不许轻来，

绿水呀相伴，

清净呀不染尘埃。

溪间，

采莲，

乐舞蹁跹　乱入池中看不见，闻歌始觉有人来

水珠滑走过荷钱。
拍紧，
拍轻，
桨声应答着歌声。

藕心呀丝长，
羞涩呀水底深藏，
不见呀蚕茧，
丝多呀蛹在中央？
溪头，
采藕，
女郎要采又犹疑。
波沉，
波生，
波上抑扬着歌声。

莲蓬呀子多，
两岸呀柳树婆娑，
喜鹊呀喧噪，
榴花呀落上新罗。

溪中，
采莲，
耳鬓边晕着微红。
风定，
风生，
风飔荡漾着歌声。

升了呀月钩，
明了呀织女牵牛，
薄雾呀拂水，
凉风呀飘去莲舟。
花芳，
衣香，
消融入一片苍茫。
时静，
时闻，
虚空里袅着歌音。

那个一直爱他的女子，就像那朵莲，终究以她一直等在原地的爱，等到了那个人蓦然回首，看见了灯火阑珊中的自己。

刚开始，这个孤傲的诗人并不愿意接受指腹为婚这样一种被安排的命运，他和很多当时的文人一样，厌恶这个自己还没爱上，就要自己爱她一生一世的女子。青梅已成竹马的噩梦，那个骑竹马的男孩总想着有一天他可以离开青梅，去爱自己想爱的花朵。为了摆脱这种安排，朱湘来到了清华学堂留美预科班学习，以为上了清华后自己可以从这段关系里逃遁。但有一天，大哥来北京看望他，看他的时候，带上了刘彩云。

这一次相见，少女初长成，已是天与娉婷，那十里柔情让朱湘的心开始松动。朱湘一直以为这个从娘胎里就被指定为自己的妻子的女子是老虎，但如今真见到，却如那初识女子的小和尚，反而觉得这老虎温顺可爱，因而情窦初开。

后来朱湘被清华开除，离开北京，来到上海，再次与独自在上海谋生的刘彩云相遇。这次相见，本已心动的朱湘终于决定给苦苦等着自己的她一生一世的承诺。

结婚后，朱湘给刘彩云起了一个名字，叫刘霓君。他们之间重新开始，再没有那曾让朱湘深感窒息的指腹为婚的桎梏。他就像那江南采莲的女子，终于没有错过自己皓腕下的那一朵莲，在花朵芬芳中，撷花消失在人世的蒹葭苍苍里。

采莲的女子采到了莲，才能归家，而诗人也说："抓到了爱，你的浪游才完毕。""在回忆中我消磨我的岁月；火烧着你的形影，多么热烈！不必寻求，你便是我的爱神；供奉，祈祷他，便是我的事业。"

而现在，有多少江南的采莲女还会唱着"小妹撑船绕绿荷，阿哥随唱采莲歌。一声情调心相印,戏水鸳鸯透碧波"这样的采莲歌,与心上人一同归家?

  这个时代,采莲女还在,可是诗人已经消失了,没有人再会为这些采莲女写诗了。

# 看一声欸乃，落日收筒

## 欸乃

清晨的江上，船夫一声摇橹，便打开了一片山青水碧的诗境，于是有了柳宗元著名的诗篇《渔翁》。后来琴家根据此诗编谱而成一曲《欸乃》，存谱初见于明代汪芝所辑的《西麓堂琴统》，但现在所演奏的《欸乃》系古琴大家管平湖20世纪60年代打谱而成。

乐舞蹁跹　看一声欸乃，落日收筒

　　805年，被贬的柳宗元黯然离开长安城，去往永州。他以为他要到的地方是一处穷山恶水，但是这穷山恶水里将有一声欸乃撕裂他心中的寒江雪，他做孤舟蓑笠翁已经许久了，这一声让山水绿开的欸乃声终将让他钓起生命的春葩丽藻。

　　冬天的时候，柳宗元抵达这里，遇见了一个千山鸟飞绝万径人踪灭的孤绝之境，但柳宗元在这里等到了他的春天，那冰封千里的寒江，终万水天天泻为了桃花溪。

　　那一声就这样裂空来了！

（清）吴历《秋江渔隐图》

那个如平常一般夜宿西岩的渔翁，清晨起身去汲了一桶湘江清水，燃起楚地之竹烧水。烟雾散去后，太阳升起来了，那光芒照耀着这个世界，让这人间金碧辉煌，万物从一夜的睡梦中萌动起来。此情此景，让解缆行船的渔翁兴致勃然地摇起了橹，于是欸乃一声凌空而出，惊醒了尚在梦中的山光水色，它们一惊醒，整个世界就绿意盎然，恢复了勃勃生机：

渔翁夜傍西岩宿，晓汲清湘燃楚竹。
烟销日出不见人，欸乃一声山水绿。
回看天际下中流，岩上无心云相逐。

《渔翁》

正在行路的诗人柳宗元，听见了这一声欸乃，猛然回头，只见渔翁已顺流而下。柳宗元看见自己心中那个冰天雪地的世界也随着这声欸乃破碎了，解冻的水冲泻而出，两岸桃花夹浪生……

805年正月，唐德宗病逝，太子李诵被以王叔文为首的"革新集团"拥立上位，是为唐顺宗。只是此时唐顺宗已经中风不能说话，这为这场变革的失败埋下了伏笔。柳宗元、刘禹锡等一批主张改革的小官员被委以重用。变革主张打击宦官势力，反对藩镇割据，这引起了宦官激烈的反弹，他们发动政变，幽禁顺宗，拥立太子李纯。这场历时一百多天的变革以失败告终。

这场变革就像一块石头掷入一潭死水，激起一点水花之后，很快又陷入一片死寂。然后有些诗人的命运就不一样了。

柳宗元，这个一路坦途的诗人，在三十多岁时迎来了自己的人生转捩点。

他被贬到了湖南永州，做永州司马员外置同正员。这个"员外置"意思就是编外，没权，甚至连住房都没有。在永州几年之后，才三十六七岁的柳宗元就已苍老如老翁，身体患病："痞结伏积，不食自饱。或时寒热，水火互至，内消肌骨"（柳宗元《寄许京兆孟容书》）。

所以这样一个已不复盛年的诗人，才会在潇水湘江之边于冰天雪地里遇见孤舟蓑笠翁，才会恍如照镜而见自身独钓寒江之雪，而写出那首"千万孤独"的《江雪》：

**千山鸟飞绝，万径人踪灭。**
**孤舟蓑笠翁，独钓寒江雪。**

柳宗元将这种万古洪荒的寂寞、天地蜉蝣的寂寞都千山压顶压到这首诗里，独留一水寒江袒露着一颗最纯净的心去承受，承受此刻天地间最柔软最纯净的花朵落下。永州的冬天，让柳宗元看见的是一个独钓寒江雪的孤舟渔翁，但当永州的冬天过去，柳宗元那冰封万里的心江被一声生机勃勃的欸乃融化，承载着这个渔翁的小船快乐地顺水而下，流向一个无边的大天地里，重获生命的自由。

从那孤绝的寒江之境下来的柳宗元，来到了自己的春天里，那冰封千里的寒江在柳宗元眼前瞬间绽开了。一岸所见的是桃花，另一岸所见还是桃花，而中间，岸夹桃花锦浪生……

这里的江水覆着鳜鱼鲤鱼，"鳞跃疑投水心剑"，浮着白鹅黄鸭，"禽浮似抱羽觞杯"（万齐融《三日绿潭篇》）。在这山水间，柳宗元再见的渔翁，已不是那孤舟蓑笠翁，独钓寒江雪，而是行在烟水茫茫里的青箬笠，绿蓑衣，待到日出时，不见人影，只在山水繁华里，闻他欸乃一声，跟山水打了个招呼，于是山光水色如花朵一般绽放。

此刻的碧水之上红尘不到，衮衮年光无惊蕙草。

这就是诗人眼里最澄净的时候，已不在寒江里，而在那欸乃一声山水绿间，一个鲜亮活泼的世界在柳宗元面前打开，他心中冰冻的山河也跟着活转过来，诗人的心田重新萌发出蓬勃的生机。看着草长莺飞的心田，重获生机的柳宗元惊悟过来，回头望去，渔舟早已顺流而下，唯有岩上

〔清〕黄鼎《渔父图》

出岫的白云无拘无束相继追逐……

此刻，对于一株生命已自安的幽兰，生在何地都可以，只要有山水就好。所以，对于被贬到偏远之地的前途，柳宗元坦然地踏上去，抵达那里，长在那里，为每一处自己生长的山水题名。

幸好柳宗元离开了长安，他去哪里，不管是永州，还是后来的再次被贬之地柳州，总好过长安。长安城里挤满了人，柳宗元走进去，就湮没在车水马龙掀起的滚滚红尘里，而芬芳的幽兰只有在偏僻之地才能暗香袭来。所以，他又回到了他的山水里，让生命在幽谷的轻风里慢慢地苏醒。

出了长安的柳宗元，已不是朝廷棋盘中一枚无生命的小卒，而是以生命的自安自醒去建造一个有着自己文化底蕴的城池的"大将"。站在静静的柳侯祠前的余秋雨说："京都太嘈杂了，面壁十年的九州学子，都曾向往过这种嘈杂。结果，满腹经纶被车轮马蹄捣碎，脆亮的吆喝填满了疏朗的胸襟。唯有在这里，文采华章才从朝报奏折中抽出，重新凝入心灵，并蔚成方圆。它们突然变得清醒，浑然构成张力，生气勃勃，与殿阙对峙，与史官争辩，为普天皇土留下一脉异音。世代文人，由此而增添一成傲气，三分自信。华夏文明，才不至全然黯暗。朝廷万万未曾想到，正是发配南荒的御批，点化了民族的精灵。"

是的，在这山光水色里，我们只听见悠长宁静的一声"欸乃"……

"欸乃"一词，自柳宗元《渔翁》之诗而为世人所熟知。

失意的柳宗元，在这"细草浓蓝泼"（王周《过武宁县》）的彼岸，饮马伊水中，未曾因困境而"裂帆截棹磨霜齿"（温庭筠《公无渡河》），而是以欸乃之声含一口红霞暗夜里嚼。而后，犹有向西无限地，别水骑马入红尘。

只是，这永州之上的红尘已从马蹄人足翻起的滚滚闹市转为一人走马荒阶的远地，而那脚边腾起的每一朵微尘，如莲。永州的红尘因为这一声欸乃而为前路暗暝的柳宗元架起了一段浮桥路，走在桥上的他看世间长河滚滚来昆仑，而此心已在锦水头……

有人根据《渔翁》一诗作了一首琴曲《欸乃》。《玉梧琴谱》说此曲盖柳柳州"欸乃一声山水绿"之诗而增益之。"欸乃"，歌声也，"有脱尘寓江海河汉之游，物外烟霞之思。颐养至静，乐守天真也"。

清音深幽，裁衣按曲，天时正好。

一曲的暗暗淡淡紫，融融冶冶黄，深深浅浅绿，明明亮亮红，然而，以古琴弹来的曲子，有再多的颜色，也如锦衣夜行。

而在琴音之上，望那水客夜骑红鲤鱼，罗袜微步，凌波生尘，云窗月槛里，一曲山明水秀。

《太音补遗》将这琴曲分成了十八段，分别是：一、潇湘水云；二、秋江如练；三、洞庭秋思；四、楚湘烟波；五、天阔明朗；六、渔樵互答；七、嗈嗈鸣雁；八、夜傍西岩；九、渔人晚唱；十、醉卧芦花；十一、篷窗夜雨；十二、梧桐叶落；十三、晓汲湘江；十四、渔舟荡桨；十五、寒江撒网；十六、日出烟消；十七、欸乃一声；十八、山高水长。

"欸乃"一词入诗，始于生于唐玄宗时代的诗人元结。767年，出公差的诗人坐在小船上，听着船夫的欸乃声心有戚戚，遂写了《欸乃曲》，让船夫唱：

> 谁能听欸乃，欸乃感人情。不恨湘波深，不怨湘水清。
> 所嗟岂敢道，空羡江月明。昔闻扣舷舟，引钓歌此声。
> 始歌悲风起，歌竟愁云生。遗曲今何在，逸为渔父行。

在这欸乃歌声中，诗人行过了湘水，又有无数诗人行来，行到这水里，也来长啸一声欸乃。

南宋诗人夏元鼎，来到一片江湖上，听到那一声欸乃，他胸怀的虚谷立刻千里莺啼绿映红地回应起来，他顿时醒悟那纡金曳紫的路上的风景怎抵得过这汪汪万顷清波无垢的境界，于是在不到五十岁的时候弃官学道，隐世而去：

> 人世何为，江湖上、渔蓑堪老。鸣榔处，汪汪万顷，清波无垢。欸乃一声虚谷应，夷犹短棹关心否。向晚来、垂钓傍寒汀，牵星斗。　砂碛畔，蒹葭茂。烟波际，盟鸥友。喜清风明月，多情相守。紫绶金章朝路险，青蓑箬笠沧溟浩。舍浮云、富贵乐天真，酹江酒。

《满江红》

在欸乃声处，有人看见的是洞天福地，南宋词人葛郯则看见庄严刹土中天女散花：

> 归去来兮，心空无物，乱山不斗眉峰。夜禅久坐，窗晓日升东。已绝乘槎妄想，沧溪迥、不与河通。维摩室，从教花雨，飞舞下天空。　　何人，开宴豆，楚羹莼嫩，吴脍盘丰。看一声欸乃，落日收筒。应笑红尘陌上，津亭暮、十里斜风。从今去，青鞋黄帽，分付紫髯翁。
>
> 《满庭霜》

欸乃声里将落日收筒，这是多么宏大的鉴赏世界的角度，超越了人如蜉蝣一般只看见蝇头小利的视角。因为看见的世界广大，所以心胸也广大，能容纳人间的风花雪月和暴风骤雨，这些不过是天女撒在自己肩头的花瓣，一起身就纷纷抖落，不着一瓣。这正是柳宗元对让自己遭遇不公的世界释然的所在。

在这浪暖鱼肥的江湖上，沙边鸥鹭，常被一声欸乃惊飞，而行在这细草之岸的诗人心中的诗情，也如这鸥鹭一般被欸乃声惊掠而起。就像南宋词人曹冠一般，来到绿水之畔，听欸乃之声，惊起诗情，装满锦囊，荷载而归：

> 烟村茂樾湾溪畔。似远景、摹轻练。细草平沙骑款段。渔翁欸乃，却惊鸥鹭，飞起澄波面。　　班荆对饮垂杨岸。枝上莺歌如解劝。山映斜阳霞绮散。醉吟乘兴，锦囊诗满，爱月归来晚。
>
> 《青玉案》

女子要唱采莲曲，而男子要以一声欸乃来惊起山水的生机，让它们抖擞出最昂扬的生意,山水照人人楚楚,才能锦肠生绣句,让自己收获而去。所以欸乃声起处,必有骑马路过的诗人应声吟哦。

然而行久了的诗人,有时听见这欸乃声,就像是听见故乡唤归的声音,一颗踏遍世界的雄心陡然柔软,接着泪如雨下:

> 曳杖罗浮去,辽鹤正南翔。青鸾为报消息,岩壑久相望。无奈渔溪乃,唤起蓣洲昨梦,风雨趁归航。万里家何许?天阔水云长。　历五湖,转湘楚,下三江。兴亡千古余恨,收拾付诗囊。重到然犀矶渚,不见骑鲸仙子,客意转凄凉。举酒酹江月,襟袖泪淋浪。

杨冠卿《水调歌头》

东晋名将温峤到牛渚矶也就是安徽省马鞍山长江东岸的采石矶,听见水底有音乐之声,水深不可测,就点燃犀角照之,便见奇形怪状的各种水族穿戴着红衣帽、乘着马车穿行水下。诗人杨冠卿听着欸乃声也行到了此处,点烛看,已不见什么骑鲸仙子。他顿时寂寞了,想家了,举头望明月,明月也正照耀着故乡。此时走遍千里去经历世界的奇迹还有什么意义呢?不如家乡的月光能给孤独的心以温暖。

就像朱熹说的"欸乃声中万古心"(《九曲棹歌》),在这欸乃声中,诗人看见了种种人生的镜像,所以他们"最喜渔歌声欸乃,扣舷一路送人归",回到"诗情澄水空无滓"里,"心事闲云淡不飞"(赵翼《阳湖晚归》)。

橹声欸乃,日日夜夜,山川流动,行来了柳宗元,行来了古曲《欸乃》,

行来了那乌镇枕河人家的茅盾,耳畔里听着这样的欸乃长大而写成《大地山河》:"午夜梦回,可以听得橹声欸乃,飘然而过。"

天地悠悠,无语,唯有桨声欸乃。

借问人间愁寂意,伯牙弦绝已无声

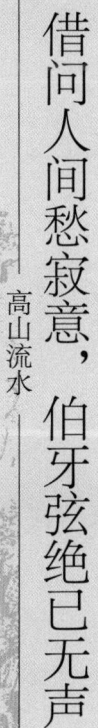

高山流水

那年伯牙给子期弹了一曲《高山流水》，此曲成为他们情谊的见证。后人传此曲为伯牙所创。初志在乎高山，言仁者乐山之意；后志在乎流水，言智者乐水之意。琴谱最早见于明代《神奇秘谱》。但经过历史演绎，如今的《高山流水》已发展成多种琴、筝版本。

春秋时期，一个叫伯牙的琴师携一琴入了一座山，当他摆好琴的时候，他尚不知他一弦下去要怎样地惊天动地，不，他惊动的不是天地，而是人间世界最可爱的情。这份情如高山巍峨，如流水绵延，千年不移，成为中国诗词文化中最动人的一个篇章。

伯牙的琴曾惊动得"六马仰秣"，连马都忘了吃草，但凡听过他的琴声的人，肯定也会如马一样被他的琴声迷住，但是有几个人能知他所想？众人在他的琴声前不过就是那六匹马而已，他们能感受到的不过是让他们"忘了吃草"的美，却不会看见他心中藏着怎样一个高山流水的境界。

他来了，那个叫钟子期的人携一捆柴来了。在这场旷世相遇里，他没有携世间有价之宝物来，他带来了一颗无价的心，后来这颗心成了中国人最贵重的一种叫作知音的情谊。

子期还在前来与伯牙相遇的路上时，伯牙看着这巍巍高山，想起当年他跟成连学琴三年不成，成连说带他去东海找自己的老师万子春，至蓬莱山，成连让伯牙留下来，并说："子居习之，吾将迎师。"然后划船而去，旬日不返。伯牙近望无人，只听得海水汹涌崩澌之声，山林寂寞，群鸟悲号，他心中豁然一亮，怆然而叹："先生将移我情！"乃援琴而歌。曲终，成连回，划船迎之而返。

伯牙看见了大海，终于突破了琴技，学成了琴之极致的移情大法。从一个技师成为一个艺术家的伯牙看见人间风花雪月，将琴声移情其上，但人们只见其手指翻飞，琴声美妙，谁又能看见他心中的山河？

这是此时看着这巍巍高山的伯牙寂寞的缘由，因为在热热闹闹的红尘世间弹琴太寂寞了，他才来到他琴之寄情所在——无人的高山里弹琴。此刻，他以为只有这层峦叠嶂的青山绿水才懂他。

大唐年间,在一场凄风苦雨中,一个叫吴融的诗人突然懂得了什么叫移情而写下《风雨吟》:

> 风骚骚,雨涔涔,长洲苑外荒居深。
> 门外流水流潺漫,河边古木鸣萧森。
> 复无禽影,寂无人音。
> 端然拖愁坐,万感丛于心。
> …………
> 有时惊事再咨嗟,因风因雨更憔悴。
> 只有闲横膝上琴,怨伤怨恨聊相寄。
> 伯牙海上感沧溟,何似今朝风雨思。

写下这首诗的时候,唐朝就要灭亡了,官逼民反、将臣怕死、宦官乱政、朋党为祸等社会问题在推着大唐走向绝境。在这凄风苦雨中,一个诗人体会到了强烈的末世之哀。在此世间他无处诉说其凄惶,唯有风雨来相诉,风雨飘零中,诗人情不自禁要横一琴,在琴声中他的哀惶随苦雨哗哗落下。他终于理解了为何看见大海的伯牙会心潮澎湃,感受到人世种种悲欢随波涛汹涌袭来,击破心中砌垒的堤坝,让人不得不以一弦引流而出,让情感飞溅在琴声里。

此刻的伯牙,看见那青山峥嵘,也情不自禁要化作一座高山,去奏响自己

千峰万仞的豪气、绵延不绝的情怀。移情做青山的伯牙自岿然不动,拨弦一声,惊世而出,惊住了那悄然路过的子期的脚步。

他是山里人,熟悉这青山的每一棵树,青山是他的生存之道,而他就是青山的心灵,为青山绿水的每一场风花雪月感动过。所以,当伯牙为山弹琴时,他秒懂:这就是为我弹起的琴声啊。感慨万千的子期不禁大叫一声:"善哉乎鼓琴,巍巍乎若泰山!"

是的,我看见了你胸中的山河万境,我看见了你壁立千仞的豪情,我要怎么赞叹你呢?你遗世而独立,你寂寞而孤傲,你胸中有一座巍巍泰山却无人观临,就让我在你的泰山之下驻足,高山仰止,景行行止,虽不能至,心向往之。

站在伯牙这座泰山脚下叩其心扉的子期的一声惊呼,惊住了伯牙拨弦之手，回过神的他低头望向这个站在自己足下的小小樵夫，他的心有一丝小小的颤动，那在红尘火宅里冰封的心谷出现了裂缝，一条草长莺飞的心路在缓缓打开，一汪春水破冰而下，夹岸桃花锦浪生。心里一动的伯牙，手下拨琴也如水湍湍沸沸奔腾而下，子期听见了他胸怀虚谷里那奔腾的流水之声，又惊叹道："善哉乎鼓琴，洋洋乎若流水！"此刻，他们就像孟浩然给孟郊写的诗《示孟郊》一样："蔓草蔽极野，兰芝结孤根。众音何其繁，伯牙独不喧。当时高深意，举世无能分。钟期一见知，山水千秋闻。尔其保静节，薄俗徒云云。"

一琴弹罢，两人成了知音，也一起成了诗词中的风景。诗人总喜欢在诗歌里呼唤自己的子期。

唐朝诗人元孚送友人离去，心生感慨："朱丝写别鹤泠泠，诗满红笺月满庭。莫学楚狂璩姓字，知音还有子期听。"（《送李四校书》）

壮志难酬的辛弃疾，在江西上饶瓢泉建立了自己的桃花源，从此如鱼沉江湖，不为波澜惊。在他心静如水时，最大的安慰是有高山相伴，一起安稳度过乱世："八万四千偈后，更谁妙语披襟。纫兰结佩有同心。唤取诗翁来饮。　镂玉裁冰着句，高山流水知音。胸中不受一尘侵，却怕灵均独醒。"（《西江月》）

宋朝的词人王之道在弹琴的时候，弹起了伯牙的《高山流水》，弹着弹着，心里突然哀恸起来——此世间的伯牙还在，可是子期呢，子期不会再来："天迥楼高，日长院静，琴声幽咽。昵昵恩情，切切言语，似伤离别。子期何处，漫高山流水，又逐新声彻。仿佛江上移舟，听琵琶凄切。　休说。春寒料峭，夜来花柳，弄风摇雪。大错因谁，算不翅六州铁。波下双鱼，云中乘雁，

嗣音无计，空叹初谋拙。但愿相逢，同心再绾重结。"（《石州慢》）

是的，子期不会再来，连伯牙跟子期都只有那千载难遇的一次相逢。此一相遇，伯牙与子期相约来年再聚，但是，到两人相约之时，伯牙再来，子期以一丘荒冢践约。伯牙悲极，在荒冢前摔琴绝弦，终生不复鼓琴，以为世无足复为鼓琴者。后来王安石写了《伯牙》一诗，道出了伯牙此时的悲恸："千载朱弦无此悲，欲弹孤绝鬼神疑。故人舍我归黄壤，流水高山心自知。""故人舍我归黄壤"，这是一种多么痛的失去啊，再望那一起赏鉴过的高山流水，还能再弹吗？子期不在，何处移情？伯牙的情在此世间已无栖居处了。

明代杨抡《伯牙心法》里说为何子期能最懂伯牙："山固块（瑰）然耳。伯牙何好？子期又何知之？盖因达人襟期，大抵若兹，其所冥契，固有自来。斯伯牙之所以自赏，而子期之所以赏音也。当其手挥五弦，目送飞鸿，孤调逸韵，冲入云霄，叠嶂重峦，流音响应。伯牙之得心入手，诚高出群峰上矣，非子期何以神赏而默契之？同声相应，同气相求，其谓是乎。"

总觉得两人之间，无须多言，如行云遇到流水，不拖泥不带水，却山水铿然有雨声。琴弦一动，如雨滴爆了枝叶，当中炸出了花朵，彼此就已看到对方的胸怀之花，携手共赏。这一路下来，行云无声，流水无色。

他们中间，没有俗世的存在。只横着一琴，人在琴在，人殁琴殁。这样的知己，彼此甘愿剖腹来相见，亦敢用性命去交换，只是，见面的时候，相对无言，只静静地把琴听了。所以，当子期死去，伯牙废琴，这情，已是人间最美。从此，人间天上，不再相见，却不等于忘记。之后，伯牙一人萧萧然地消失于红尘中,对酒不饮,横琴不挥。不挥者何?知音诚稀。所以,世间再无这个弹琴之人。然而,山水无色之时,当中会有一轮明月,点苍留白漾出一份情谊的水墨江山。

此后的诗人,失去他们的知音时,都会想起绝弦的伯牙,他们感受到了他那种废琴之哀。温庭筠哀悼他去世的好友时说:"闻说萧郎逐逝川,伯牙因此绝清弦。柳边犹忆青骢影,坟上俄生碧草烟。箧里诗书疑谢后,梦中风貌似潘前。他时若到相寻处,碧树红楼自宛然。"(《哭王元裕》)

你是世间唯一懂我之人,失去了你我再移情这大好河山又有什么意义?这世界壮丽,没有你在,我一人独赏,又能向谁诉说它的美丽?一座高山失去了流水,就失去了它绕指的柔情。

唐朝女诗人薛涛给自己的蓝颜知己写诗:"前溪独立后溪行,鹭识朱衣自不惊。借问人间愁寂意,伯牙弦绝已无声。"(《寄张元夫》)你走了,我的世界就只剩下寂寞了⋯⋯

刘希夷弹着琴的时候,眼泪落下来,没有子期,在这林中岁月里弹琴还有什么意义呢?"碧山本岑寂,素琴何清幽。弹为风入松,崖谷飒已秋。庭鹤舞白雪,泉鱼跃洪流。予欲娱世人,明月难暗投。感叹未终曲,泪下不可收。呜呼钟子期,零落归荒丘。死而若有知,魂兮从我游。"(《夏弹琴》)

《高山流水》虽然伯牙不再弹,却作为他们情谊的见证千古流传。据传,《高山流水》就这样从伯牙开始,原为一曲,后来在流传的时候也各自独立成为《高山》和《流水》。美国宇宙飞船"航行者二号"中有一张一百二十分钟的唱片,里面选有世界经典的音乐,唯一的亚洲音乐便是琴曲《流水》,在茫

乐舞蹁跹　借问人间愁寂意，伯牙弦绝已无声

茫宇宙之中以流水之音漫天寻找知音。不过，伯牙弹了很久，那子期的星辰依然尚未光临。

这世间，紫陌尘多不可寻，青云已无路可觅知音。

听《高山》一曲，如水墨缓缓衍开，起先是一滴入水，幻变成片云成孤峰，而后成云海成绵绵重山。只见那山从人面起，云傍马头生，而远处那群山绵绵不尽，来从千山万山里，归向千山万山去，山中白云千万重，却望人间不知处。下马荒阶入静处，那"寂寞山窗掩白云"，"潺潺石溜静中闻"，"鸟啼花落人声绝"（权德舆《题柳郎中

〔清〕黄慎《携琴访友图》

故居》)。即使到得热闹时,也是碧山锦树明秋霁,凭空浮着一些些冷艳烟霞。

《流水》,意为溪流投奔江海,一路潺潺不绝,从绿叶花间那滴水而来,滴落处叶颤花动,颜色嫣然。滴水落到清石上,溅起花朵般的水珠,滴水蹦过石头,成溪成河,见花托花,见鱼渡鱼,见石小的爬过去,大的绕下来。一路的景色,全在这奔流之上。那音色清静时如玉柱击清瓯,蔼蔼溪流慢;缠绵之时,欲眠不眠夜深浅,溪声雨声听不辨;激情时则岸夹桃花锦浪生,锵金鸣玉长潺潺,气势激昂。奔流之后,反而淡定,望天下,无数好山江上横。

从《高山》里出来,满身烟霞散不尽;从《流水》里出来,真的是晓来但觉衣裳湿。

《高山流水》有多种谱本,有古筝版、古琴版,但两者同名异曲,风格完全不同,却版版皆经典。

听古筝之音,樵客出来山带雨,渔舟过去水生风,那音质有着人生若只如初见的风光,落花牛上,泥暖草生。见古琴之色,十年湖海,千里云山,人间的风景,仰望和俯瞰之后,到得那闲来无事玩青山的境界。也许,古筝里有几分晓来山路恨如迷,而古琴里,却是宿云先已到柴扉,人刚好在山腰水尾的角度,可上可下,望见青山高,也见到青山平。

以前年轻的时候,喜欢听古筝,而如今,更喜欢古琴。在古琴里,望见半世的人生风景。也只有在古琴里,才能静下心来,等那知音寻来,也才能有知音寻来。

高山流水的故事情谊绵延,穿过几千年时光,直至今天依然不失光芒。

春江潮水连海平，海上明月共潮生

春江花月夜

当年白居易在浔阳江边洒下的一把青衫泪，打动了晚清琵琶大家李芳园。1895年，李芳园收录曲谱时，将一首原名《夕阳箫鼓》的琵琶独奏曲改名为《浔阳琵琶》，向白居易致敬。1926年，这曲《浔阳琵琶》经过改编又改名为《春江花月夜》，并以此兰名流传至今。

816年，江西九江的浔阳江边，诗人白居易静静听着同是天涯沦落人的琵琶女弹的琵琶曲《霓裳》《绿腰》。"嘈嘈切切错杂弹，大珠小珠落玉盘"的琵琶声中，皓月当空，洒出的那洁净的月光照出了诗人流着泪水的脸庞。

在"弦弦掩抑声声思，似诉平生不得志。低眉信手续续弹，说尽心中无限事"中，白居易看见自己遭贬谪的青衫身在风雨中凄凉行来，一个人孤苦伶仃卧病在浔阳。住在浥城这个小地方，旦暮之间，能听见的只有杜鹃的哀鸣、猿猴的悲啼。春江花朝秋月夜里，只能一个人拿出酒来，自斟自饮这无人共赏的寂寞。听了许久那嘶哑粗涩的山歌村笛的白居易，在这个朗月当空的夜晚听到昔日京城女子的琵琶之语，耳朵里那些嗡嗡的杂音顿时被涤荡一空。他重新获得了一个清明的心境，在这心境里"唯见江心秋月白"。

演奏完毕，琵琶女告辞要走，白居易拉住她哀恳道："不要走，请再为我们弹一曲吧。我替你谱写歌词，题目就叫《琵琶行》。"琵琶女听完白居易的话站立了许久，又坐下来拨开弦索。此次琴弦拨得更急，凄凄切切，满座的听众都在此声一击之下，泪水决堤。其中白居易这个江州司马哭得最悲伤，泪水如潮打湿了他那一领青衫！

这个在浔阳江畔哭得泪水都打湿了青衫的诗人的身影，深深触动了琵琶大家李芳园。1895年，他把一首原名叫《夕阳箫鼓》的琵琶独奏曲收入自己所编的《南北派十三套大曲琵琶新谱》时，为这首著名的古曲改了一个名叫《浔阳琵琶》。

这首磅礴的乐曲，在乐师的心中，就是816年写出《琵琶行》的白居易看见的浔阳江的风景：夕阳箫鼓、花蕊散回风、关山临却月、临水斜阳、枫荻秋声、巫峡千寻、箫声红树里、临江晚眺、渔舟唱晚、夕阳影里一归舟。李芳园用这些风景做自己琵琶曲的每一段标题，替代了原先《夕阳箫鼓》的"回风""却月""临水""登山""啸嚷""晚眺""归舟"七个小标题。

在诗人哭泣的眼睛里，浔阳江上的火红的枫树、皎洁的月亮、唱晚的渔舟……抚慰了他天涯沦落的心灵，让他拂净布满红尘劫灰的灵台，重获一片清明的天下，从此"溪路烟开江月出，草堂门掩海涛深"（刘沧《和友人忆洞庭旧居》）。

在泪水洗涤之后，白居易开始欣赏眼前的这片江湖。长安繁华，却不能让心灵安居，春江花朝秋月夜，才是建筑心城的所在，青山做城墙，流水是那护城河，而明月是灯，照见心中的城郭。回头再望长安，"城雉映水见，隐隐如蜃楼"（白居易《泛溢水》）。

浔阳江畔的白居易开始反省："纷吾何屑屑，未能脱尘鞅。归去思自嗟，低头入蚁壤。"（《登香炉峰顶》）他低下了仰望长安城大明宫那高高的重檐庑殿顶的头颅，俯下身低入蝼蚁之壤，另觅一种回归自然的生存。

白居易开始留恋此间的山水："柳影繁初合，莺声涩渐稀。早梅迎夏结，残絮送春飞。西日韶光尽，南风暑气微。展张新小簟，熨帖旧生衣。绿蚁杯香嫩，红丝脍缕肥。故园无此味，何必苦思归。"（《春末夏初闲游江郭二首》其二）有这样美好的风景，又何必再入那红尘扰攘的名利场呢？于是白居易裂帛披裳，乘心灵的小船，"待月举杯，呼芳樽于绿净。拜华星之坠几，约明月之浮槎"（文天祥《回前人中秋请宴》）。

而在白居易的心灵被浔阳江涤荡冲净之时，一曲《浔阳琵琶》就是乐师为诗人奉上的奏鸣曲。

后来这个曲子又改名为《浔阳夜月》。1925年，音乐家柳尧章借鉴西洋管弦乐的形式，将《浔阳夜月》改编成多声部的合奏曲，改编时柳尧章把乐曲分为十段：江楼钟鼓、月上东山、风回曲水、花影层叠、水云深际、渔舟唱晚、回澜拍岸、桡鸣远濑、欸乃归舟以及尾声。改编后柳尧章觉得再用《浔阳夜月》的曲名已不妥当了，便根据白居易《琵琶行》"春江花朝秋月夜"的诗句易名《秋江月》。1926年春，与柳尧章一起合作的音乐家郑觐文再次将它改名为《春江花月夜》。从此这曲《夕阳箫鼓》便以《春江花月夜》之名流行于世。

乐曲开头是"江楼钟鼓"，以琵琶模拟鼓声点点，在一人成大戏、一器成众乐中，在古筝奏出的波音暗涌之上，那琵琶如春光浮现，那不安定的喧嚣宛若万物试音，之后即刻进入淡定的正戏里，一段优美的旋律，如溪路烟开江月出，让诗人许浑夜归驿楼时望江见此月，而吟出一首这样的诗来："水晚云秋山不穷，自疑身在画屏中。孤舟移棹一江月，高阁卷

〔明〕吴伟《渔乐图》

帘千树风。窗下覆棋残局在，橘边沽酒半坛空。早炊香稻待鲈鲙，南渚未明寻钓翁。"（《夜归驿楼》）

第二段"月上东山"，主题音调高四度，江月缓缓上升，升上东山。"月当山顶出，星倚水湄沈"（韦庄《信州溪岸夜吟作》）。

第三段"风回曲水"，曲调层层下旋，如花瓣因风旋转却又不落，在水面上浮转往复，一时风生水起，待得风回水落三清月，落花狼藉酒阑珊。

第四段"花影层叠"，四个快疾繁节的乐句中，那花瓣一层叠着一层，层层汹涌，如锦上层层添花。花影落定之后，如见陆龟蒙的诗《和袭美春夕酒醒》："几年无事傍江湖，醉倒黄公旧酒垆。觉后不知明月上，满身花影倩人扶。"

第五段"水云深际"，音乐先在低音区如回旋在水面，然后八度跳跃若入云头，云水之间缥缥缈缈，那"断岸烟中失，长天水际垂"（徐铉《过江》）。那气氛是"远帆花月夜，微岸水天春"（郑谷《送进士赵能卿下第南归》），而那气势又如杜甫的诗《旅夜书怀》"星垂平野阔，月涌大江流"。

第六段"渔舟唱晚"，寂寂深烟里，渔舟夜不归。那夜色清凉，山水清亮，遥望渔舟，不阔尺八，凭栏一吐，已觉空喉。所以，当歌一曲渔歌，让那江月皎洁，衬那江花妖娆，而那人声激荡着江水之声，在快而有力的乐队合奏中，一时声色鼎沸。

第七段"回澜拍岸"，琵琶以"扫轮"的技法如千军万马横水而过，掀起惊涛拍岸。一时，满江碎月摇花，颜色倾翻。

第八段"桡鸣远濑"，船桨在远处的激流上击响，只见那一舸横江，两桡开浪，行来黄庭坚的《渔家傲》："荡漾生涯身已老。短蓑箬笠扁舟小。深入水云人不到。吟复笑。一轮明月长相照。 谁谓阿师来问道。一桡直与传心要。船子踏翻才是了。波渺渺。长鲸万古无人钓。"

第九段"欸乃归舟",音乐由慢而快,由弱至强,在筝划奏的声如流水之音中,那波浪层层暗涌,而橹声渐渐清晰。归舟的诗总有着淡淡的惆怅伤怀:"驻马渡江处,望乡待归舟。"(刘眘虚句)而这归舟的曲却是一夜泛江浮欢后的意兴阑珊。那欢娱仍如浮萍被船桨荡开又合上前来追逐,在这样红莲照晚、花底明人眼的夜,"无限游人谁惜倦,只有衰翁心懒"(张纲《清平乐》)。

第十段的"尾声"里,缓慢的节奏中见这孤村夜重渔舟小,好逐烟波带月回。那夜终于渐渐地静了,花也悄悄地眠了,而月兀自继续着自己的行程,众人、众物事皆散了……

随着这支乐曲秉"春江花月夜"这个声色斑斓的名字流传,人们再理解这曲子,眼前浮现的不再是白居易的浔阳江头枫叶荻花秋瑟瑟之景,而是张若虚的诗《春江花月夜》:

> 春江潮水连海平,海上明月共潮生。
> 滟滟随波千万里,何处春江无月明。
> 江流宛转绕芳甸,月照花林皆似霰;
> 空里流霜不觉飞,汀上白沙看不见。
> 江天一色无纤尘,皎皎空中孤月轮。
> 江畔何人初见月,江月何年初照人?

人生代代无穷已，江月年年只相似。
不知江月待何人，但见长江送流水。
白云一片去悠悠，青枫浦上不胜愁。
谁家今夜扁舟子，何处相思明月楼。
可怜楼上月徘徊，应照离人妆镜台。
玉户帘中卷不去，捣衣砧上拂还来。
此时相望不相闻，愿逐月华流照君。
鸿雁长飞光不度，鱼龙潜跃水成文。
昨夜闲潭梦落花，可怜春半不还家。
江水流春去欲尽，江潭落月复西斜。
斜月沉沉藏海雾，碣石潇湘无限路。
不知乘月几人归，落月摇情满江树。

"春江花月夜"本是乐府吴声歌曲名，相传为那个作出《玉树后庭花》的南朝亡国陈后主所作，后来隋炀帝曾作过此曲："暮江平不动，春花满正开。流波将月去，潮水带星来。"唐朝张若虚喜欢"春江花月夜"这个名字，就拟题作诗，换了个曲调，写了一首长长的诗篇。这个一生只写过两首诗的诗人，因这首《春江花月夜》而成千古——"孤篇横绝，竟为大家"。闻一多赞此诗："这是诗中的诗，顶峰上的顶峰。孤篇压全唐。"

《春江花月夜》首八句使人觉得火热，而"江天一色无纤尘"之后的八句又使人觉得冰凉。然不冰凉则不见火热，此才子弄笔跌宕处，不可不知也。而"昨夜闲潭梦落花"以下八句是结，前首八句是起。"起用出生法，将春、江、花、月逐字吐出；结用消归法，又将春、江、花、月逐字收拾。此句不与上连，而意则从上滚下，此诗如连环锁子骨，节节相生，绵绵不断，使读者眼光正射不得，斜射不得，无处寻其端绪。"——在清朝人徐增如剥花瓣般剥出重重层次的如是评论中，这诗如花轰然打开，露出当中一个"情"字。所以王尧衢要叹："此将春江花月一齐抹倒，而单结出个情字，可见月可落，春可尽，花可无，而情不可得而没也。"

这样的人生长叹，浅浅说去，节节相生，使人伤感，未免有情，自不能读，读不能厌。

而古曲《春江花月夜》就像是为这首诗而生，那潮起潮涌间吞吐着春花、明月以及人生的意绪，年华似水而去，带来一个个人生故事的开头，又奔向一个个结尾。多少人在此看过这春江花月夜，从这里消失，又从这里出现，遗珠下多少人生百转千回的情绪，化成这风花雪月，化成这一曲《春江花月夜》。无论是诗还是古曲《春江花月夜》，都像一幅画卷徐徐展开在鉴赏者眼前，让观者顿时梦绕山川身不行，经历了这一场声色交相辉映的沐浴之后，视界顿时"星垂平野阔，月涌大江流"，人生在此春江潮声中度化，征帆遥从此中去，去往浩渺无疆之天长地久的空间，去往悠长无尽之千秋万代的时间……

有评论家说，古曲《春江花月夜》的"江楼钟鼓""月上东山""风回水曲""花影层叠""水云深际""渔舟唱晚""回澜拍岸""桡鸣远濑""欸乃归舟""尾声"这十个标题撑不起古诗"春江潮水连海平，海上明月共潮生"这种江海之境，所以古曲《春江花月夜》和古诗《春江花月夜》没有关联。其实，没有关联的是标题，人们在听乐曲时心中种种人生的感叹又何尝没有关联？

不同的乐器奏出的《春江花月夜》让人唏嘘的是不一样的人生景致。譬如琵琶演奏的《春江花月夜》有些苍哑，有那白头宫女话苍凉的滋味；而古筝的，正是芳菲年华的女子。所以，听琵琶者，当有如白居易之心："记得旧诗章，花多数洛阳。及逢枝似雪，已是鬓成霜。向后光阴促，从前事意忙。无因重年少，何计驻时芳。欲送愁离面，须倾酒入肠。白头无藉在，醉倒亦何妨。"（《洛阳城东花下作》）

那白头宫女般的琵琶走过的桥比少女般的古筝走过的路多，所以对万事皆有经历后的天地俱宽的担待，情到激昂之处顿时明白"岁华如箭堪惊"（毛熙震《何满子》）的意味。而古筝里，那花初开，月初升，年华正好，"酡颜一笑天桃绽，清吟数声寒玉哀"（白居易《舒员外游香山寺，数日不归，兼辱尺书，大夸胜事。时正值坐衙虑囚之际，走笔题长句以赠之》），只是这哀却哀不进心，是那雨滴在花上，风一吹，就落了，年华依旧芳菲。

所以，听琵琶曲《春江花月夜》，当读刘希夷的《白头吟》："洛阳城东桃李花，飞来飞去落谁家。洛阳女儿惜颜色，行逢落花长叹息。今年花落颜色改，明年花开复谁在。已见松柏摧为薪，更闻桑田变成海。古人无复洛城东，今人还对落花风。年年岁岁花相似，岁岁年年人不同。寄言全盛红颜子，须怜半死白头翁。此翁白头真可怜，伊昔红颜美少年。公子王孙芳树下，清歌妙舞落花前。光禄池台开锦绣，将军楼阁画神仙。一朝卧病无人识，三春行乐在谁边。宛转蛾眉能几时，须臾鹤发乱如丝。但看旧来歌舞地，唯有黄昏鸟雀悲。"那愁，是早已飞不出泪地叹"年年岁岁花相似，岁岁年年人不同"。

而听古筝曲《春江花月夜》，当读毛熙震的《何满子》："无语残妆淡薄，含羞弹袂轻盈。几度香闺眠过晓，绮窗疏日微明。云母帐中偷惜，水精枕上初惊。笑靥嫩疑花坼，愁眉翠敛山横。相望只教添怅恨，整鬟时见纤琼。独倚朱扉闲立，谁知别有深情。"有一点小小的愁，不过这愁却只是一场美若丁香的相思而已。这个时候，人生正美好，这点小小的愁不过是云鬟螺髻上的一朵小小的珠饰，晶莹闪亮有如泪滴，却不是人生之泪。

这首乐曲，最后被王健真写上了词，由歌唱家彭丽媛缓缓唱出每一个音符的含义，整首乐曲的画面便随着歌声如电影般投射到眼前，原来这么美：

江楼上独凭栏
听钟鼓声传，
袅袅娜娜散入那落霞斑斓。
一江春水缓缓流，
四野悄无人，
唯有淡淡袭来薄雾轻烟。

看，
月上东山，
天宇云开雾散，
云开雾散，

光辉照山川。
千点万点,
千点万点洒在江面。
恰似银鳞闪闪,
惊起了江滩一只宿雁,
扑棱棱飞过了对面的杨柳岸。

听,
清风吹来,
竹枝摇,摇得花影零乱,
幽香飘散。
何人吹弄笛声箫声,
箫声笛声和着渔歌,
自在悠然。
欸乃韵远,
飘向那水云深处、芦荻岸边,
唯有渔火点点,
伴着人儿安眠,
春江花月夜,
怎不叫人流连。

月转乌啼,画堂宫徵生离恨
———乌夜啼———

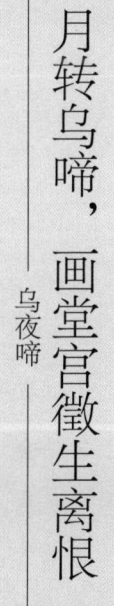

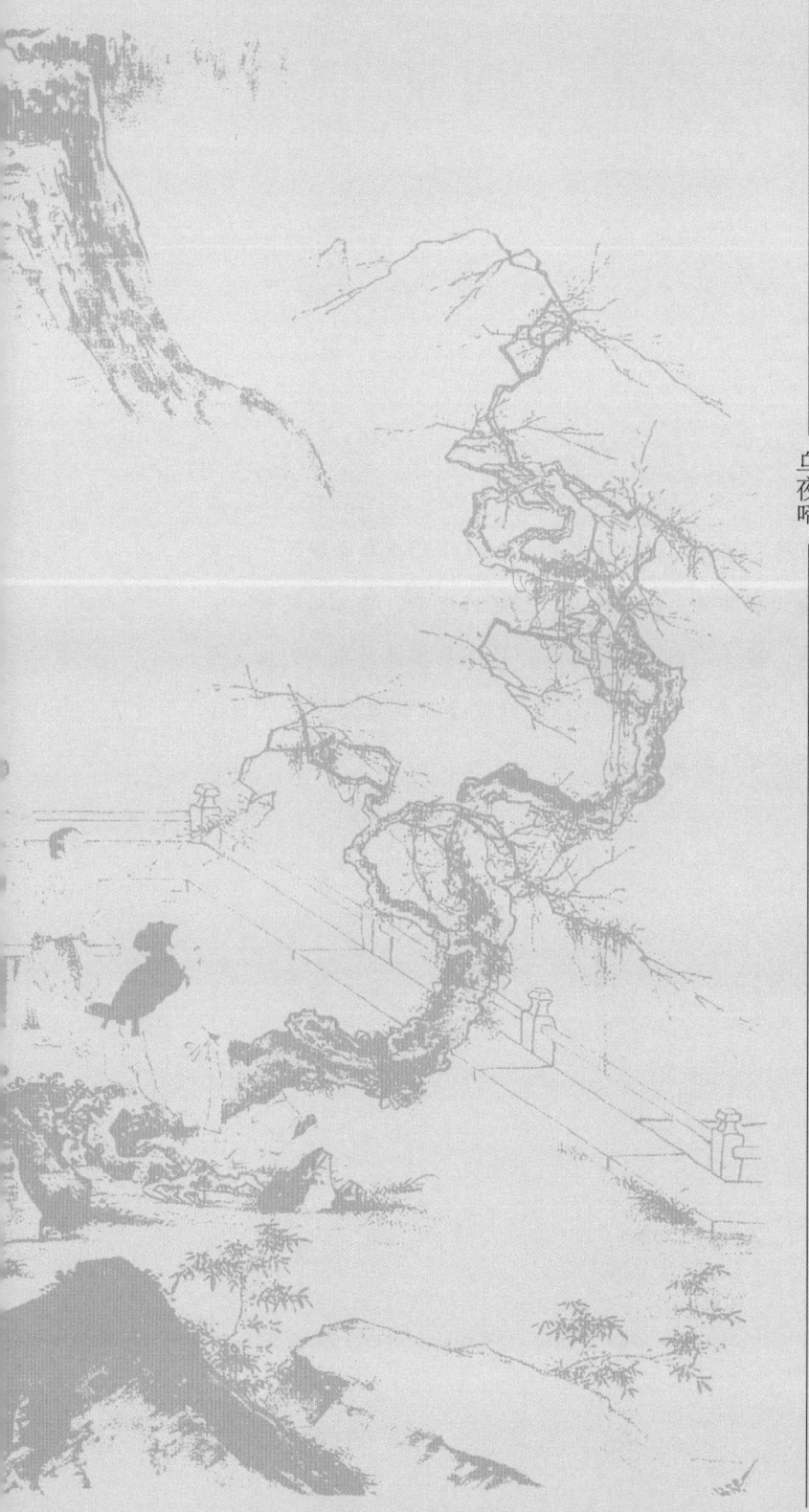

据传，南北朝时，宋临川王刘义庆因遭皇帝疑忌，非常害怕会大祸临头。他的姬妾听到乌鸦夜啼，告知将获赦，应验之后，遂作一曲《乌夜啼》。这个故事同时也是词牌《乌夜啼》的由来。但诗人写诗的时候逐渐将其演变为"剪不断，理还乱"的离愁。

809年，洛阳，诗人元稹在静静听着一曲《乌夜啼》。听的时候，他眼前浮现出一幕幕过往，他看见深爱的妻子跟被贬归来的自己泪如雨下地说，她在寂寞的夜晚，就长拜寒鸦为他祈福。此刻，元稹倍感唏嘘。好友庾及之为他弹起这曲《乌夜啼》，他深知好友的心意。因为那个为他求乌的人已然死葬咸阳原上地，让他从此"曾经沧海难为水，除却巫山不是云"。而好友以一曲《乌夜啼》来抚慰他痛失爱妻后满是疮痍的心田，让他如沐春雨，然后那埋藏在心土之下的隐秘的情绪泥暖草生，于是写下了一首《听庾及之弹乌夜啼引》：

> 君弹乌夜啼，我传乐府解古题。
> 良人在狱妻在闺，官家欲赦乌报妻。
> 乌前再拜泪如雨，乌作哀声妻暗语。
> 后人写出乌啼引，吴调哀弦声楚楚。
> 四五年前作拾遗，谏书不密丞相知。
> 谪官诏下吏驱遣，身作囚拘妻在远。
> 归来相见泪如珠，唯说闲宵长拜乌。
> 君来到舍是乌力，妆点乌盘邀女巫。
> 今君为我千万弹，乌啼啄啄泪澜澜。
> 感君此曲有深意，昨日乌啼桐叶坠。
> 当时为我赛乌人，死葬咸阳原上地。

诗说中国　乐舞卷

164

〔明〕杜堇《梅下横琴图》

这个时候，元稹的妻子韦丛刚去世不久。一曲《乌夜啼》引出了他的深情，如湍湍溪流，流向诗人最善行的诗衢。从此，诗人就喜欢用诗表达他对妻子的怀念，而这些怀念成为他诗里最闪耀的星宇。

当他步步高升、纵享人间繁华时，他孤寂的灵魂为逝去的妻子写下《遣悲怀》："衣裳已施行看尽，针线犹存未忍开。尚想旧情怜婢仆，也曾因梦送钱财。诚知此恨人人有，贫贱夫妻百事哀。"妻子的衣服已经送人了，但妻子常用的针线盒，诗人还保存着，可是却不忍打开看。对服侍过妻子的旧婢也因念及旧情特别怜惜，过去妻子跟自己过的都是贫苦的日子，可是现在有钱了，妻子却不在了，这成了诗人的执念，于是常常做梦梦见自己送钱给妻子。这样的恨憾让诗人感叹："诚知此恨人人有，贫贱夫妻百事哀。"

念及妻子与他共苦却没有同甘的恩情，元稹写下了另一首《遣悲怀》："同穴窅冥何所望，他生缘会更难期。唯将终夜长开眼，报答平生未展眉。"这样的悼亡诗很多，在悼亡之中，元稹写成了让他名垂千古的情诗《离思》："曾经沧海难为水，除却巫山不是云。取次花丛懒回顾，半缘修道半缘君。"一个在诗人最艰难困苦的时候日日求乌的女子终究获得了诗人最忠诚敬爱的冠冕。

乌，指寒鸦，能反哺其母，又称慈乌，不是我们平常所称的乌鸦。白居易有诗《慈乌夜啼》："慈乌失其母，哑哑吐哀音。昼夜不飞去，经年守故林。夜夜夜半啼，闻者为沾襟。声中如告诉，未尽反哺心。百鸟岂无母，尔独哀怨深。应是母慈重，使尔悲不任。昔有吴起者，母殁丧不临。嗟哉斯徒辈，其心不如禽！慈乌复慈乌，乌中之曾参。"

据传，三国时期娶曹操女金乡公主的名士何晏，就是那个在"傅粉何郎"典故中留名的何晏，他容貌俊美，皮肤白到让魏文帝都疑心他脸上搽了粉，就在夏天赏赐他吃热汤面，吃得他大汗淋漓，用衣服擦汗。他擦完汗后，脸色更白了，魏文帝这才相信他没有搽粉。后来司马懿篡权，废魏自立，将掌控魏朝大权的何晏抓捕入狱。有两只寒鸦停在他家的屋顶上，他的女儿看见了说："乌有喜声，父必免。"于是写成琴曲《乌夜啼》。

后人为这《乌夜啼》的段落配上标题："月明星稀""乌雀南飞""寒声哑哑""孤影茕茕""仁慈反哺""天恩御赦""午夜争巢""吐食哺儿""托物喻人"单单看这标题，以为会是首有着快乐结局的曲子。然而，这一曲听起来却是极尽凄凉，一沉到底，真是"残月出门时，美人和泪辞"（韦庄《菩萨蛮》）般伤怀。

其实，即使见到了寒鸦，何晏的命运也没有出现转机，司马懿最终以谋逆罪将何晏诛灭三族。所以，何晏的女儿在写作此琴曲的时候，也许已心知命运不可逆转，只是还贪念那一点天机的温暖，想要借一曲来请愿，却不自觉地将自己即将划向命运的深潭的忧惧全部倾入，作成一曲悲伤的《乌夜啼》。

但是，琴曲的悲，却不影响人们听到乌啼时，那看到希望的火光的心情。唐朝诗人张籍也写过《乌啼引》说："秦乌啼哑哑，夜啼长安吏人家。吏人得罪囚在狱，倾家卖产将自赎。少妇起听夜啼乌，知是官家有赦书。下床心喜不重寐，未明上堂贺舅姑。少妇语啼乌，汝啼慎勿虚。借汝庭树作高巢，年年不令伤尔雏。"听见乌啼的喜悦，让人夜不能寐。这乌啼之声如暗夜的星光，照亮悲伤的人的眼睛。

明朝年间，有个姓薛的琴手非常善于弹奏《乌夜啼》，人称"薛乌夜"。他自恃水平很高，很想跟当时的著名琴家徐和仲比拼一下琴艺，但徐和仲却不肯跟他比试，薛乌夜就只好求别人请来徐和仲演奏《乌夜啼》，而他自己则藏在隔壁听。一曲听罢，薛乌夜跪拜在徐和仲的琴几之下说："愿为弟子，幸不负此生。"

后世的人将《乌夜啼》写成了歌词，但从《乌夜啼》中望见的都是那相思之苦。这种情绪的流转，李群玉的《乌夜啼》似乎给了一个合理的解释："曾波隔梦渚，一望青枫林。有乌在其间，达晓自悲吟。是时月黑天，四野烟雨深。如闻生离哭，其声痛人心。"听乌在啼，有人知相逢而喜，但更有人见生离而痛。聂夷中亦有《乌夜啼》："众鸟各归枝，乌乌尔不栖。还应知妾恨，故向绿窗啼。"相思思成了恨——一个人不孤单，想一个人才孤单。

灯前细雨，檐花簌簌，乌啼霜夜，正是无人处暗弹相思泪的时候。那一寸相思一寸灰的苦，将时间都折磨成了灰烬，而这份苦，偏偏忘不掉，连老年的白居易也要叹"老来多健忘，唯不忘相思"（《偶作寄朗之》）。所以这回廊一寸相思地，将要断碎多少情肠？

李白一生虽然如风，行走天涯，却一路而去，一路撒下相思意。譬如，他清晨才鼓棹过江去，接着就千里相思明月楼。他写的《乌夜啼》最能替女子体悟那相思苦：

黄云城边乌欲栖，归飞哑哑枝上啼。

> 机中织锦秦川女，碧纱如烟隔窗语。
> 停梭怅然忆远人，独宿孤房泪如雨。

据说贺知章看到这诗后，连着李白的其他诗一起推荐给了唐玄宗。从此，李白就在长安绽放了光华。

975年，汴京，被俘北上的南唐国主李煜，给在金陵的旧时官人写信说"此中日夕，只以眼泪洗面"。在这种以泪洗面的生活中，那一声声乌夜啼总会袭来，一举击碎李煜的"梦里不知身是客，一晌贪欢"（《浪淘沙》）的醉梦，醒来"故国不堪回首月明中"（《虞美人》）的他，写了一首《乌夜啼》："昨夜风兼雨，帘帏飒飒秋声。烛残漏断频欹枕，起坐不能平。 世事漫随流水，算来梦里浮生。醉乡路稳宜频到，此外不堪行。"梦里醉乡路最平，醒来，只有万仞深涯，等自己一脚踏空。

他还有一首《乌夜啼》："林花谢了春红，太匆匆，无奈朝来寒雨晚来风。 胭脂泪，相留醉，几时重？自是人生长恨水长东。"树林里的红花都凋落了，这花开花落太匆匆。无可奈何啊，花朵怎经得住风雨的昼夜摧残呢？此刻美人的眼泪洗尽了脸上的胭脂，相留中大醉，生命的绝境里什么时候还能再重逢呢？人生的愁恨就像那江水东流不断。

学者俞陛云《唐五代两宋词选释》评这首《乌夜啼》："后主为樊若水所卖，举国与人。词借伤春为喻，恨风雨之摧花，犹逆臣之误国，追魁柄一失，如水之东流，安能挽沧海尾闾、复鼓回澜之力耶！"

这两首《乌夜啼》都是唐教坊曲，格律却不一样。前一首有四十七字，又名《锦堂春》。后一首三十六字，又名《相见欢》。

一天，唐代诗人顾况夜晚在江边散步，听到城鸦夜啼，想起了《乌夜啼》之曲，不禁想，这是谁写的曲啊，让人听都听不够："月出江林西，江林寂寂城鸦啼。昔人何处为此曲，今人何处听不足。城寒月晓驰思深，江上青草为谁绿。"（《乌夜啼》）

唐崔令钦《教坊记》里记载了《乌夜啼》这个词牌的由来，451年南朝宋文帝刘义隆时期，"彭城王义康有罪放逐，行次浔阳，江州刺史衡阳王义季，留连饮宴，历旬不去。帝闻而怒，皆囚之。会稽公主，姊也，常与帝宴洽，中席起拜。帝未达其旨，躬止之。主流涕曰：'车子岁暮，恐不为陛下所容！'车子，义康小字也。帝指蒋山曰：'必无此！不尔，便负初宁陵。'武帝葬于蒋山，故指先帝陵为誓。因封余酒寄义康，且曰：'昨与会稽姊饮，乐，忆弟，故附所饮酒往。'遂宥之。使未达浔阳，衡阳家人扣二王所囚院曰：'昨夜乌夜啼，官当有赦。'少顷，使至，二王得释，故有此曲"。

这个故事跟琴曲《乌夜啼》的由来一样，都是听乌啼而知喜事近。教坊曲就是由教坊创作并流行起来的歌曲，在词的兴起等方面有着很大的推动作用，故有了大量以"乌夜啼"为名或主题的诗词。尤其是那些身在旅途的异乡客常以此入诗，如诗人高适有《塞下曲》："君不见芳树枝，春花落尽蜂不窥。君不见梁上泥，秋风始高燕不栖。荡子从军事征战，蛾眉婵娟守空闺。独宿自然堪下泪，况复时闻乌夜啼。"而诗人赵长卿，在卸落船帆的静夜里，正庆幸自己还未有思乡的情绪,却不想几声乌啼袭来,顿时一颗被风尘覆盖的心被击中,化成思乡的泪水,斟满了心怀,连酒都不敢再饮,怕饮下去,这满斟的泪水就会溢出来,溢得满脸都是:"客帆卸尽风初定。夜空霜落吴江冷。幸自不思归。无端乌夜啼。 鸡鸣残月落。到枕秋声恶。有酒不须斟。酒深愁转深。"(《菩萨蛮》)乌啼声一起,诗人的情绪便不堪一击,如搅乱了银河水,洒作了满天星。

诗人张继乘一叶小舟来了,来到了这月落乌啼霜满天的大唐之夜。他从红尘的名利场里落败而来,疲惫失意地来到此地,猛然听见寒鸦啼夜,就像被禅师当头棒喝一般,这才发现自己来到了寒山寺外,听到了那撞击心灵的钟鸣:

月落乌啼霜满天, 江枫渔火对愁眠。
姑苏城外寒山寺, 夜半钟声到客船。
《枫桥夜泊》

张继以此诗成名,那些"春风得意马蹄疾,一日看尽长安花"(孟郊《登科后》)的状元探花都早已成了落花流水,唯独张继还擎着此诗,站在寒山寺外聆听钟声一声声的敲打,接受时间一遍遍的锤炼。

岁月流转,浮云变作苍狗,沧海换作桑田。任时光淹没了多少传奇,在每一个月落乌啼的时候,夜半的钟声都会让千年以来有同一根琴弦的魂灵在此刻共鸣,每一个人都会回到诗人枫桥夜泊的此刻,成为一个诗人,叫作张继。

乐舞蹁跹 月转乌啼,画堂宫徵生离恨

171

一只夜啼的寒鸦来到了1079年,来到一座监狱的窗畔,清脆地啼鸣。身陷囹圄的苏东坡,久久地听着,仿佛看见了远方他心爱的女子,此时正背过灯去,偷偷擦掉冲花了妆的眼泪:"月转乌啼,画堂宫徵生离恨。美人愁闷,不管罗衣褪。 清泪斑斑,挥断柔肠寸。嗔人问。背灯偷揾,拭尽残妆粉。"(《点绛唇·离恨》)

苏东坡也抬起袖子,擦去自己满脸的泪水。这一年,苏东坡的政治对手从他的诗文中挑出一些衔怨怀怒的诗句,指责他对皇帝不忠,苏东坡被御史台抓捕入狱。因御史台所种的柏树终年栖息着乌鸦,所以御史台又叫乌台,这次案件被称为"乌台诗案"。苏东坡在监狱里以为自己活不了了,连给弟弟的遗诗都写好了:"圣主如天万物春,小臣愚暗自亡身。百年未满先偿债,十口无归更累人。是处青山可埋骨,他年夜雨独伤神。与君世世为兄弟,更结人间

〔宋〕余集《落花独立图》

未了因。"(《狱中寄子由》)

　　在这种困境下,苏东坡听到了这乌啼之声,在幻想之中一颗惊惶的心得到了抚慰。而这乌啼之声,果真为苏东坡带来了转机,因王安石说了一句:"安有圣世而杀才士乎?"苏东坡被从轻发落,被贬黄州(今湖北黄冈市)。正是在黄州城外的赤壁山前,苏东坡写下了千古名作《念奴娇·赤壁怀古》。在乌啼声之后,重新获得新生的苏东坡,终悟到"人生如梦,一樽还酹江月"。

何如一曲琵琶好，鸣镝无声五十年

塞上曲

昭君出塞，历来是诗人爱写的主题，而音乐家也将其制作成琴曲《龙朔操》、琵琶曲《出塞曲》。诗和乐曲联系在一起，诗成了乐曲的意境，乐曲成了诗的心境。每一种文艺形式，都在向王昭君这个以一腔豪气抱琵琶走出汉地的女子致敬。

那年，王昭君怀抱琵琶别长安、出潼关、渡黄河、过雁门，历时一年多，于第二年初夏到达漠北。从此之后的五十年里，那边疆之上"剑戟归田尽，牛羊绕塞多"（张仲素《王昭君》）。那些戍边的将士不用再在一曲"羌笛何须怨杨柳，春风不度玉门关"（王之涣《凉州词》）里悲伤，所有出塞的凄凉只由这一个小女子承担。

她的勇气，让人惊叹；她的悲伤，让人感慨。所以，她成了曲，亦成了诗。

音乐家们作了两首乐曲，一首琴曲《龙朔操》，侧重的是她离去的恨；一首琵琶曲《出塞曲》，侧重的是她对家乡满是泪的思念。

《神奇秘谱》说王昭君当时"掩面零涕，含恨北去，而有薰莸共器之羞，冰炭同炉之怨。当时之人，有伤红颜薄命之叹，故作弦歌，以形容而嗟悼之"。故这《龙朔操》旧名《昭君怨》。

《龙朔操》非常优美，在这短短的一曲之中，竟可宏大，说尽一个并不平凡的女子的大半生。似乎弹响的这一刻，便与这女子相遇，她静静地待在一旁，听完，亦不发一言而离去，那琴师亦不言而相送，所有的言语皆在这首琴曲里。

琴曲共有八段：

第一段，含恨别君，抚心长叹。如临行的前夜，对一盏灯徘徊，回想在殿堂那君王惊恨不及的刹那，才发觉，自己在君王前不是没有机会，所以年轻的心里有了一些惆怅，不可知的未来，如一个陷阱，而眼前的时光，却那么值得珍惜。此番徘徊不舍，让李白惺惺相惜而写诗："昭君拂玉鞍，上马啼红颊。今日汉宫人，明朝胡地妾。"（《王昭君》）

是啊，一切都无可挽回，只留下惆怅做安慰。而从此只缘感君一回顾，使我思君朝与暮。

第二段，掩涕出宫，远辞汉阙。听得见那泪水轻落的声音，如水上的涟漪，荡开了浮萍。中国音乐的魅力在于，不是你手落曲就落，它的故事还在那渐行渐远的余音里，中国人总能于山水之外的留白见浩大的天下，于绵绵的余音里见韵味深长。若说，那拨弦的刹那声响是身体，那么这余音之处则若中国古代的衣裳，随着人的行坐而生波纹。

此时，就要离去，王昭君的惆怅终于化成了眼泪，那眼泪也落成了王安石的诗《明妃曲》："明妃初出汉宫时，泪湿春风鬓脚垂。低徊顾影无颜色，尚得君王不自持。"

第三段，结好丑虏，以安汉室。见美人落泪，有人相劝。是啊，想想那些因你而幸福的人们吧；是啊，自己选择的是一生的担待，不是瞬间的浪漫。

第四段，别泪双垂，无言自痛。可是再豪情的理由，也抵不过这离音的绕指柔。仿若见这女子回望长安的来时路，任凭泪水滚滚垂落，连揎拭掉眼泪的勇气都不再有。所以让诗人王偓心有恻恻而写《明妃曲》："北望单于日半斜，明君马上泣胡沙。一双泪滴黄河水，应得东流入汉家。"

这一路，要走下去，停不下来也不能停，但心还是要痛。做人的美丽，也就在这样的余韵里。不能挥剑斩断情丝，只能抽刀断水水更流。

第五段，万里长驱，重阴漠漠。黄沙已作无归路，举头唯见月，何处是长安啊。所以那乐曲里见一行人急急行过重重山影，踏上漫漫黄沙，此时再回头也没有岸了。

乐舞蹁跹　何如一曲琵琶好，鸣镝无声五十年

第六段，夜闻胡笳，不胜凄恻。夜里听见那胡地的音乐，不得不承认自己的过去真的已然了断。所以，连杜甫也要说："千载琵琶作胡语，分明怨恨曲中论。"（《咏怀古迹五首》其三）

第七段，明妃痛哭，群胡众歌。这悲哀只剩自己承担，那欢歌留待他人吟唱。只能用王安石的《明妃曲》来安慰："明妃初嫁与胡儿，毡车百辆皆胡姬。含情欲说独无处，传与琵琶心自知。黄金杆拨春风手，弹看飞鸿劝胡酒。汉宫侍女暗垂泪，沙上行人却回首。汉恩自浅胡恩深，人生乐在相知心。可怜青冢已芜没，尚有哀弦留至今。""汉恩自浅胡自深，人生乐在相知心"，是的，那恩已绝，而情已然重新开始。

第八段，日对腥膻，愁填塞漠。日子已然安定，那愁绪已经莫名，偶尔再想想那让君王惊恨不及的时光，

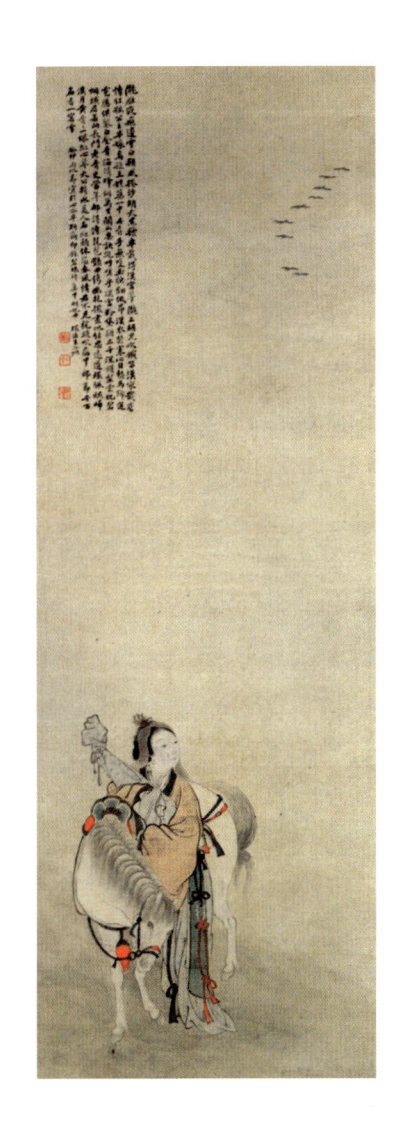

〔清〕费丹旭《昭君出塞图》

用那段华光夺目的回忆做一生的承担。这种情绪白居易了解最深:"汉使却回凭寄语,黄金何日赎蛾眉?君王若问妾颜色,莫道不如宫里时。"(《王昭君二首》其二)那乐曲,偶起偶落,渐低渐息,一切的悲伤总要被岁月化开了去,只留下一声叹喟而已……

接下来的日子,《塞上曲》随琵琶登场。那琵琶的情感不如古琴深沉,却多得一些手段婉转,音色斑斓,弦一拨,就灿若那花鸟画卷。乐曲点点滴滴表达着身在异乡的王昭君对家乡声声掩抑声声思的思念。全曲有五段,即五支小曲:《宫苑春思》《昭君怨》《湘妃滴泪》《妆台秋思》《思汉》。

《宫苑春思》里,她回忆自己那"娉娉袅袅十三余,豆蔻梢头二月初"(杜牧《赠别》)的芳华,点点滴滴时是墙头雨细垂纤草,而婉婉转转处见水面风回聚落花。

那么美的年华,越是思念越是怨恨自己的当下,不堪承受的思乡情绪让王昭君自己写了一首《怨旷思惟歌》:"秋木萋萋,其叶萎黄。有鸟处山,集于苞桑。养育毛羽,形容生光。既得升云,上游曲房。离宫绝旷,身体摧藏。志念抑沉,不得颉颃。虽得委食,心有徊徨。我独伊何,来往变常。翩翩之燕,远集西羌。高山峨峨,河水泱泱。父兮母兮,道里悠长。呜呼哀哉,忧心恻伤。"这乐曲里如见这手抱琵琶的女子一行急急行进在路上,忽然间抬头望见那高山峨峨,侧耳间听得那河水泱泱。怨这路远山长,怨这荒野茫茫,也怨那君王为何不早点遇见自己……

想着想着,眼泪流下来,枕前泪与阶前雨,隔着窗棂滴到明。王昭君的眼泪,琴师最懂,所以他们弹出了这段《湘妃滴泪》。

接下来的《妆台秋思》曾被乐师们从《塞上曲》中抽出来改为箫独奏曲。在箫冷冷的独奏里，寂寞芳菲暗度，而那月高升，让人一回望月一回悲，望月月移人不移。所以这女子落寞，忧伤如落叶迟迟不落，因树的不挽留，又因风的不舍得，不知哪里才是自己的归宿。

"箫声欲尽月色苦，依旧汉家宫树秋"（曹唐句），所以这结尾处声声掩抑皆思汉。在"胡风似剑镂人骨，汉月如钩钓胃肠"的两难困境里，"魂梦不知身在路，夜来犹自到昭阳"（胡令能《王昭君》）。

想当年，皇帝欲赏赐给匈奴王五名女子，求行的王昭君以落雁之貌站在长安的大殿之上，《后汉书》为此写下一段华光夺目的文字："丰容靓饰，光明汉宫，顾景裴回，竦动左右。"述说了她举座皆惊的容颜，让那皇帝"惊恨不及"，亦让那匈奴王欢欣而感恩，愿意为这样的女子收剑成草，休战生息。

若说美人皆倾城倾国，王昭君的姿色却安了邦定了国。所以汪遵为她写诗，揶揄了那些猛将谋臣："汉家天子镇寰瀛，塞北羌胡未罢兵。猛将谋臣徒自贵，蛾眉一笑塞尘清。"（《昭君》）

当王昭君的裙裾拖过那雁门关外的茫茫草尖，当她的琵琶怨在不能回头的路上，当她在那荒凉的大漠上以"宁胡阏氏"的封号尽着为人妻做君臣的本分的时候，那天下之民，皆如风吹草低，低头敬重。

这个二十岁出塞的女子，以十九年的风华，使天下苍生免于涂炭之苦。此般大义，若拈花微笑的菩萨，舍生取义。

那英雄的荣誉之下，很多的凄凉要自己去承担。唐朝诗人储光羲用诗写过

王昭君异域寂寞而思乡的生活："日暮惊沙乱雪飞，傍人相劝易罗衣。强来前殿看歌舞，共待单于夜猎归。"（《明妃曲四首》其三）

不久匈奴王死，其子继位，欲再取继母昭君为妻。此时，昭君已生有二子。不知该何去何从的王昭君上书汉宫求归。此时，汉朝已经不是那个为她惊恨不及的皇帝的天下了，于是，她被当时的皇帝"敕令从胡俗，遂复为后单于阏氏焉"（《后汉书》）。

也许正是这历史上不动声色的文字，让后来的文人唱成了"昭君怨"。大汉薄情，唯以一个小女子的深情来担当民族大义。有过一些怨恨，但也有定下心来好好活下去的承担，再嫁的王昭君与新夫恩爱，后来还生了两个女儿。

后来，这夫君又死了，寻不到出路的三十三岁的王昭君不久也去世了。她死后，那臣民"一百里铺氍毛毯，踏上而行；五百里铺金银胡瓶，下脚无处"（《王昭君变文》），为她送行。她的墓被称为青冢："塞外多白沙，空气映之，凡山林村阜，无不黛色横空，若泼浓墨，昭君墓烟垓朦胧，远见数十里外，故曰青冢。"杜甫为之写诗："独留青冢向黄昏"（《咏怀古迹五首》其三），王安石也为之写诗："可怜青冢已芜没，尚有哀弦留至今"（《明妃曲二首》其二）。

人们说起王昭君，总是要说王昭君远嫁的悲伤，但我想，当年，王昭君也当是怀着一腔豪气以琵琶代剑走出雁门关的，以一小女子的蚍蜉之命和蚍蜉撼树的勇气去承担的，果然，这段金戈铁马的岁月因她而温婉如水，所以成了歌。正如翦伯赞所言："汉武雄图载史篇，长城万里通烽烟。何如一曲琵琶

好，鸣镝无声五十年。"（《题昭君墓》）

如果她一直留在大汉的宫廷里，历史上不过是多了个白头宫女话当年而已，但她走出去了，走出了雁门关，来到了一片广阔的天地。她不是王谢堂前燕，雕梁画阁也嫌宽；她是鸿雁，天地如此广大却觉得刚够自己飞过。她以人身归来，所以才能惊得她的同伴大雁落下，不是因为她的美貌，而是因为她的回归……

在王昭君离去三百多年后，一个能歌善舞的女子从楼上坠下，以一死了结世间的恩恩怨怨。她叫绿珠，生前舞《明君》舞得最好，当年深爱她的石崇依汉曲自写了一首歌——《王明君辞》：

（明）佚名《千秋绝艳图·绿珠》

昔公主嫁乌孙，令琵琶马上作乐，以慰其道路之思，其送明君，亦必尔也。其造新曲，多哀怨之声，故叙之于纸云尔。

我本汉家子，将适单于庭。辞决未及终，前驱已抗旌。
仆御涕流离，辕马悲且鸣。哀郁伤五内，泣泪沾朱缨。
行行日已远，遂造匈奴城。延我于穹庐，加我阏氏名。
殊类非所安，虽贵非所荣。父子见陵辱，对之惭且惊。
杀身良不易，默默以苟生。苟生亦何聊，积思常愤盈。
愿假飞鸿翼，乘之以遐征。飞鸿不我顾，伫立以屏营。
昔为匣中玉，今为粪上英。朝华不足欢，甘与秋草并。
传语后世人，远嫁难为情。

石崇教会了绿珠唱《明君》的歌，绿珠把《明君》舞得最好，一曲《明君》，是他们情之所寄处。后来绿珠被西晋大权在握的孙秀看上了，他派人来跟石崇要绿珠，石崇不肯，然后石崇就被灭族了，而绿珠也为了石崇跳楼身亡。这样一个善舞昭君的女子，以这种惨烈的方式成了继王昭君之后诗人爱写的另一个女子，其中杜牧的《金谷园》写得最为凄美："繁华事散逐香尘，流水无情草自春。日暮东风怨啼鸟，落花犹似坠楼人。""落花犹似坠楼人"，多么美的一句哀悼。

而石崇的《王明君辞》也成为第一首有主名的咏昭君的诗，在这之前基本都是一些佚名的诗人假托王昭君之名写的诗。

公元前33年春天，一个柔弱的女子怀抱琵琶走出雁门关，她毅然决然走出去的身影，被台湾作家席慕蓉写成了《出塞曲》，又被台湾歌手张清芳唱了出来：

>请为我唱一首出塞曲
>用那遗忘了的古老言语
>请用美丽的颤音轻轻呼唤
>我心中的大好河山
>
>那只有长城外才有的清香
>谁说出塞歌的调子太悲凉
>如果你不爱听
>那是因为歌中没有你的渴望
>
>而我们总是要一唱再唱
>想着草原千里闪着金光
>想着风沙呼啸过大漠
>想着黄河岸啊阴山旁
>英雄骑马壮
>骑马荣归故乡

在快节奏的像风沙呼啸过大漠的吟唱里，我们见到王昭君这个小女子胸怀壮志、妩媚而巍峨。她离开了一个地方，走到另一个地方，所行的路上，泥暖草生。也许她一路行下去，永远无法到达边界，也永远无法回头，但正如一首诗里所说："星汉尽头尚存深渊/而我已经到达/只在内心动摇瞬间了悟/我同样是它们的边界/岸之这壁亦是他者的彼岸……"

# 胡笳闻欲死,汉月望还生

胡笳十八拍

那一年，蔡文姬被掳到匈奴，半生屈辱。等回到汉地，她的才情却开出了花，创作出令惊蓬坐振、沙砾自飞、激烈怀抱的《胡笳十八拍》。此曲是由十八首歌曲组合成的声乐套曲，由琴伴奏。以此词搭配的琴曲曲谱最早见于明代的《琴适》，也是现在较流行的谱本，一字对一音，哀戚悲苦。蔡文姬的悲伤成就了一个经典。

二十二岁以前，她是长在南方土地上的芙蓉。因父之名，她如"芙蓉初出水，桃李忽无言"。

她叫蔡文姬，父亲蔡邕。早在小时候，她的风光就已惊动了父亲。一天，蔡邕偶然弹断了一根弦，蔡文姬在隔壁听到，说断的是第二根弦，蔡邕一惊，又故意弄断另一根，蔡文姬又准确说出是第四根弦。一段煮饭的柴火的知音是农妇，而于琴，蔡文姬是它的知音。

那时的蔡文姬，尚不知道，为了这一场与音乐的知音之交，她将在二十二岁的芳华之后，用半生流离来作一曲断肠，携手彼此，共同完成一次唯美的烟花绽放。

似乎，她这一路的辛苦，与生离，与死别，皆只是为了一曲而披荆斩棘。

蔡文姬的父亲蔡邕，为了董卓被暴尸街头，轻轻的一声叹息，就葬送了性命。而后，天下大乱，匈奴乘机南下中原。蔡文姬被匈奴掳去，亲眼见证了"纵猎围城邑，所向悉破亡""马边悬男头，马后载妇女"的悲惨的战乱情况，写下了一首长长的《悲愤诗》。

二十三岁的时候，蔡文姬嫁与匈奴左贤王为妻，一起生活了十二年，为他生下两个孩子。

蔡文姬芙蓉一朵，就这样被人采摘，涉水而去，在北方大漠上没有干枯，而是长成了草。只是"昔日芙蓉花，今成断根草"（李白《妾薄命》）。

然而，芙蓉有芙蓉开放的时光，草有草慢慢生长的生机，蔡文姬终究变成普通的女子，过往的芳华与她无关。草青青，盖严霜，却正好可供鸟衔去筑窝巢，那时，蔡文姬心思简单，简单到无情，无情而无诗。她以一个小女人的身份，过了十二年。

十二年后，已经荡平北方群雄的曹操，得意之时，想起了好友的女儿——尚远在他乡的蔡文姬，还在膻肉酪浆地生活。于是派人携黄金千两、白璧一双，把蔡文姬赎了回来。

车轮辚辚载着蔡文姬南归，但这时蔡文姬已不知自己是该悲还是该喜，十二年的生活，再大的风，吹落的草籽，也已在这里扎了根。而那南方的一切，早已陌生，此时的蔡文姬虽然很思念南方，但是她也不舍在北方的荒凉土地上孕育的孩子。做一株草太久了都已经生了根，要走，又得再经历一次断根而去的痛苦。然而，她不能也无力选择，也不知该不该去选择做一株草的志向，就像当年她身为水中的芙蓉被人采在马背上带往北方一样无力抗拒。

于是，这一路行来，在一边是家另一边是家乡却不得两相全的各种矛盾中，撕扯纠结痛苦的蔡文姬把她每一次不能自我选择命运的痛苦点燃成烟花。一路所有的怨怼最终化作一首《胡笳十八拍》，燃成她人生最美的一次绽放。

踏上南归的乡途，蔡文姬那早已埋葬的开花的才情，从干枯的草籽里迸裂而绽芙蓉千朵，化成一首长长的诗——《胡笳十八拍》。

就要离开生活十二年的土地，她想起二十二岁以前，乱世流离里，她无根的漂泊："我生之初尚无为，我生之后汉祚衰。天不仁兮降乱离，地不仁兮使我逢此时。干戈日寻兮道路危，民卒流亡兮共哀悲。烟尘蔽野兮胡虏盛，志意乖兮节义亏。对殊俗兮非我宜，遭恶辱兮当告谁？笳一会兮琴一拍，心愤怨兮无人知。"

二十三岁那年，又被人采摘离水而去："戎羯逼我兮为室家，将我行兮向天涯。云山万重兮归路遐，疾风千里兮扬尘沙。人多暴猛兮如虺蛇，控弦被甲兮为骄奢。两拍张弦兮弦欲绝，志摧心折兮自悲嗟。"

而之后，被人揉碎成草籽的她，在异乡的土地上努力生长："越汉国兮入胡城，亡家失身兮不如无生。毡裘为裳兮骨肉震惊，羯膻为味兮枉遏我情。鼙鼓喧兮从夜达明，胡风浩浩兮暗塞营。伤今感昔兮三拍成，衔悲畜恨兮何时平。"

北方的土地，太荒凉，她只能用眼泪想念南方的栽花之水："无日无夜兮不思我乡土，禀气含生兮莫过我最苦。天灾国乱兮人无主，唯我薄命兮没戎虏。殊俗心异兮身难处，嗜欲不同兮谁可与语！寻思涉历兮多艰阻，四拍成兮益凄楚。"

春来秋去，年年抬头望大雁飞行的方向。它们往南的时候，她企愿是它们翅膀上的一片花瓣，是它们羽毛里的一粒草籽，带她回到南方的土地上发芽或者枯死；而它们往北的时候，蔡文姬凄苦地知道，家乡的春天来了，而那个多花多水、多柳多桥的春天却没有自己："雁南征兮欲寄边声，雁北归兮为得汉音。雁飞高兮邈难寻，空断肠兮思愔愔。攒眉向月兮抚雅琴，五拍泠泠兮意弥深。"

她夜夜的思念凉如水，日日的远望当归，却只见无穷山里无边往事："冰霜凛凛兮身苦寒，饥对肉酪兮不能餐。夜闻陇水兮声呜咽，朝见长城兮路杳漫。追思往日兮行李难，六拍悲来兮欲罢弹。"

她厌恶脚下的这片土地那么没有诗情画意："日暮风悲兮边声四起，不知愁心兮说向谁是！原野萧条兮烽戍万里，俗贱老弱兮少壮为美。逐有水草兮安家葺垒，牛羊满野兮聚如蜂蚁。草尽水竭兮羊马皆徙，七拍流恨兮恶居于此。"

愤恨的蔡文姬连连追问上天，为何独独选中她，让她承受这漂泊之苦。其实等此曲作完，蔡文姬终将明白上天之苦心，它等一个才女心智的长成已经等了许久，天将降大任于斯人也，必先苦其心志："为天有眼兮何不见我独漂流？为神有灵兮何事处我天南海北头？我不负天兮天何配我殊匹？我不负神兮神何殛我越荒州？制兹八拍兮拟排忧，何知曲成兮心转愁！"

但是蔡文姬不能理解上天的苦心，她眼睁睁看着自己的大好青春倏忽而逝，在这里用风沙磨砺芳华。她还未及好好享受人生之美，就要这样把人生最好的年龄磨损掉，她怎能心甘："天无涯兮地无边，我心愁兮亦复然。人生倏忽兮如白驹之过隙，然不得欢乐兮当我之盛年。怨兮欲问天，天苍苍兮上无缘。举头仰望兮空云烟，九拍怀情兮谁与传？"

一边她把敌当作了家，一边那家变成了敌，无处安心的蔡文姬仰天将泪行流成血痕："城头烽火不曾灭，疆场征战何时歇？杀气朝朝冲塞门，胡风夜夜吹边月。故乡隔兮音尘绝，哭无声兮气将咽。一生辛苦兮缘别离，十拍悲深兮泪成血。"

这里，即便蔡文姬的丈夫对她很好，但再好，她也忘不掉那载有落花的家乡之水："我非贪生而恶死，不能捐身兮心有以。生仍冀得兮归桑梓，死当埋骨兮长已矣。日居月诸兮在戎垒，胡人宠我兮有二子。鞠之育之兮不羞耻，愍之念之兮生长边鄙。十有一拍兮因兹起，哀响缠绵兮彻心髓。"

而有一天，当蔡文姬所盼望的一切突然成真，她却发现，落到手上成真的愿望却不一定是美好："东风应律兮暖气多，知是汉家天子兮布阳和。羌胡蹈

乐舞蹁跹　胡笳闻欲死，汉月望还生

〔南宋〕陈居中《文姬归汉图》

舞兮共讴歌，两国交欢兮罢兵戈。忽遇汉使兮称近诏，遗千金兮赎妾身。喜得生还兮逢圣君，嗟别稚子兮会无因。十有二拍兮哀乐均，去住两情兮难具陈。"

当她要离开一个她梦里都想要离开的人和地方时，她才惊觉，岁月已经在她受伤的心头种上了鲜花，当要离去，连根拔起却是那么不容易，将从深深扎根的心壤里拔血而出："不谓残生兮却得旋归，抚抱胡儿兮泣下沾衣。汉使迎我兮四牡骓骓，号失声兮谁得知？与我生死兮逢此时，愁为子兮日无光辉，焉得羽翼兮将汝归。一步一远兮足难移，魂消影绝兮恩爱遗。十有三拍兮弦急调悲，肝肠搅刺兮人莫我知。"

与孩子生死离别这一刻，成了蔡文姬心中永远的痛，后来她又写了一首《悲愤诗》，写到孩子追母的号哭让人不忍读："儿呼母兮啼失声，我掩耳兮不忍听。追持我兮走茕茕，顿复起兮毁颜形。还顾之兮破人情，心怛绝兮死复生。"

与孩子分别，就像一场死别，这一别，将一辈子都见不到自己抚养了十二年的孩子，这是多么可怕的事，唯有梦中执手来安慰："身归国兮儿莫之随，心悬悬兮长如饥。四时万物兮有盛衰，唯我愁苦兮不暂移。山高地阔兮见汝无期，更深夜阑兮梦汝来斯。梦中执手兮一喜一悲，觉后痛吾心兮无休歇时。十有四拍兮涕泪交垂，河水东流兮心是思。"

"南看汉月双眼明，却顾胡儿寸心死"，从此，生生死死不相知："十五拍兮节调促，气填胸兮谁识曲？处穹庐兮偶殊俗。愿得归来兮天从欲，再还汉国兮欢心足。心有怀兮愁转深，日月无私兮曾不照临。子母分离兮意难任，同天隔越兮如商参,生死不相知兮何处寻!"

泣血仰头问苍天,为何独独要自己来承受这惨烈的悲伤:"十六拍兮思茫茫,我与儿兮各一方。日东月西兮徒相望,不得相随兮空断肠。对萱草兮忧不忘,弹鸣琴兮情何伤!今别子兮归故乡,旧怨平兮新怨长!泣血仰头兮诉苍苍,胡为生我兮独罹此殃!"

一路千辛万苦,蔡文姬终于回到长安,行云去北又归南,早已把泪水哭干:"十七拍兮心鼻酸,关山阻修兮行路难。去时怀土兮心无绪,来时别儿兮思漫漫。塞上黄蒿兮枝枯叶干,沙场白骨兮刀痕箭瘢。风霜凛凛兮春夏寒,人马饥豗兮筋力单。岂知重得兮入长安,叹息欲绝兮泪阑干。"

所以,蔡文姬要用胡笳来唱一曲,唱尽她无穷的哀伤:"胡笳本自出胡中,缘琴翻出音律同。十八拍兮曲虽终,响有余兮思无穷。是知丝竹微妙兮均造化之功,哀乐各随人心兮有变则通。胡与汉兮异域殊风,天与地隔兮子西母东。苦我怨气兮浩于长空,六合虽广兮受之应不容!"

一曲唱完,才发现,原来蔡文姬是上天点燃的烟花,受尽苦难,就为了这一曲绽放。这就是蔡文姬连连追问上苍"为天有眼兮何不见我独漂流?为神有灵兮何事处我天南海北头?我不负天兮天何配我殊匹?我不负神兮神何殛我越荒州?"而得到的回答,这就是选她做蔡文姬的意义!

蔡文姬这涉水而去的一枝芙蓉,如今涉水归来,却芙蓉千朵,沿水开放,几千里,芙蓉步障,她一朵凭栏,千花退避——回到南方,蔡文姬以才女的身份走完余生。

胡笳，蒙古族的气鸣乐器，演奏时，管身竖置，双手持管，两手食指、中指分别按放三个音孔，发音浑厚、深沉、苍凉。而蔡文姬所作的这首《胡笳十八拍》却是有感于胡笳的哀声在古琴上作曲，微妙地体现了她悲剧的人生，本是古琴身，却作胡笳声。不过究竟为什么胡笳换成了古琴，现在也说不清楚。无论是做少女的南方，还是做母亲的北方，都成了她生命里不可分割的部分。这一曲，也是她的骨肉。尽管，也有学者质疑，这首诗有可能是别人以蔡文姬之名写的，因为这首诗自魏至隋唐不见著录。不过，南宋时的朱熹解释了原因："《胡笳》者，蔡琰之所作也。东汉文士有意于骚者多矣，不录而独取此者，以为虽不规规于楚语，而其哀怨发中，不能自已之言，要为贤于无病而呻吟者也。"

这首诗以其痛彻心扉的表达、大气磅礴的行文深得文人们赞赏。明朝文学家钟惺评论说："《十八拍》翻作变声，激扬宛宕，曼声急节，不必审音辨调而情思迷离，悲写独吊，凄怆动人，譬之听哀猿征雁，即无激于中，亦不能不为之下泪也。"明朝人陆时雍在其《诗镜总论》中说："蔡文姬才气英英。读《胡笳吟》，可令惊蓬坐振，沙砾自飞，真是激烈人怀抱。"

这些文人在《胡笳十八拍》里看见了它惊蓬坐振、沙砾自飞的力量，他们从一个女子去国离家之痛中感受到了那激烈如雷的共鸣。郭沫若惊叹道："那像滚滚不尽的海涛，那像喷发着熔岩的活火山，那是用整个灵魂吐诉出来的绝叫。"郭沫若还称《胡笳十八拍》是一首"自屈原《离骚》以来最值得欣赏的长篇抒情诗"。

携一曲归来的蔡文姬的才情就像捂在胸中的草籽听见春风，就要顶破覆土盖瓦发出芽来，漫成无边无际的一片草原。即使用刀斩，用火烧，表面荒芜，根系还紧紧抓着心壤，如果再遇见春风，又是一片无边无际的草原……

此曲结构庞大又极尽悲凉。要听这一曲，需要鼓起一种跳崖的勇气，而这坠落其实是一种飞翔，听者将在撞地之前化身为蝴蝶，看淡人间的悲欢。

南宋灭亡之后，这曲《胡笳十八拍》在南宋遗民间非常流行，一个女子向万仞江山的陨泪，向无垠苍穹的长歌，拼将此生最大的悲恸都付予的一曲《胡笳十八拍》，让这些亡国之人找到了情感上的强烈共鸣。

文天祥临死之前，听了汪元量（号水云）弹奏的《胡笳十八拍》，内心受到了巨大的触动，写下一曲他自己的十八拍《胡笳曲》：

风尘澒洞昏王室，天地惨惨无颜色。
而今西北自反胡，西望千山万山赤。
叹息人间万事非，被驱不异犬与鸡。
不知明月为谁好，来岁如今归未归。
右一拍
独立缥缈之飞楼，高视乾坤又何愁。
江风萧萧云拂地，笛声愤怒哀中流。
邻鸡野哭如昨日，昨日晚晴今日黑。
苍皇已就长途往，欲往城南忘南北。
右二拍
…………

文天祥写此曲时，已被囚一年，他在序中说："庚辰中秋日，水云慰予囚所，援琴作《胡笳十八拍》，取予疾徐，指法良可观也。琴罢，索予赋胡笳诗，而仓促中未能成就。水云别去，是岁十月，复来。予因集老杜句成拍，与水云共商略之。盖囹圄中不能得死，聊自遣耳。亦不必一一学琰语也。水云索予书之，欲藏于家。故书以遗之。"

序里说这首曲子是集杜甫诗句而成，为什么文天祥要集杜诗成曲，而不是自己创作呢？因为在狱中以研究杜甫诗打发生命余光的文天祥说过："凡吾意所欲言者，子美先为代言之。日玩之不置，但觉为吾诗，忘其为子美诗也。"

前人模仿《胡笳十八拍》成曲的很多，唐朝诗人刘商就仿写过，成为他的代表作，脍炙当时。王安石也集各大诗人之句编成过《胡笳十八拍》。但他们的胡笳都写的是蔡文姬，没有其身之痛，就没有其心之哀，唯有文天祥，以老杜之句，写成了另一曲痛彻心扉的《胡笳十八拍》。没有撰作自己的文字，却拈起别人的文字，将自己的亡国大恸锤击进去，直刺心扉。

蔡文姬的战乱的东汉、杜甫的没落的唐朝、文天祥的灭亡的南宋，差不多都是前后相差五百年左右，却在一曲《胡笳十八拍》中彼此遥遥相望，在倾城岁月的硝烟中情感如雷霆共鸣。据印度史诗《罗摩衍那》载：每隔五百年，守护神毗湿奴点燃熊熊烈焰，垂死的凤凰投入火中，燃为灰烬，再从灰烬重生，而复成为辉煌永生的凤凰。五百年，《胡笳十八拍》一再涅槃、重生……

明朝万历年间孙丕显所编《琴适》记载了《胡笳十八拍》的谱，在三十九种传谱中，只有这一刻本是唯一有词的，且比较完整，此《胡笳十八拍》遂成

乐舞蹁跹　胡笳闻欲死，汉月望还生

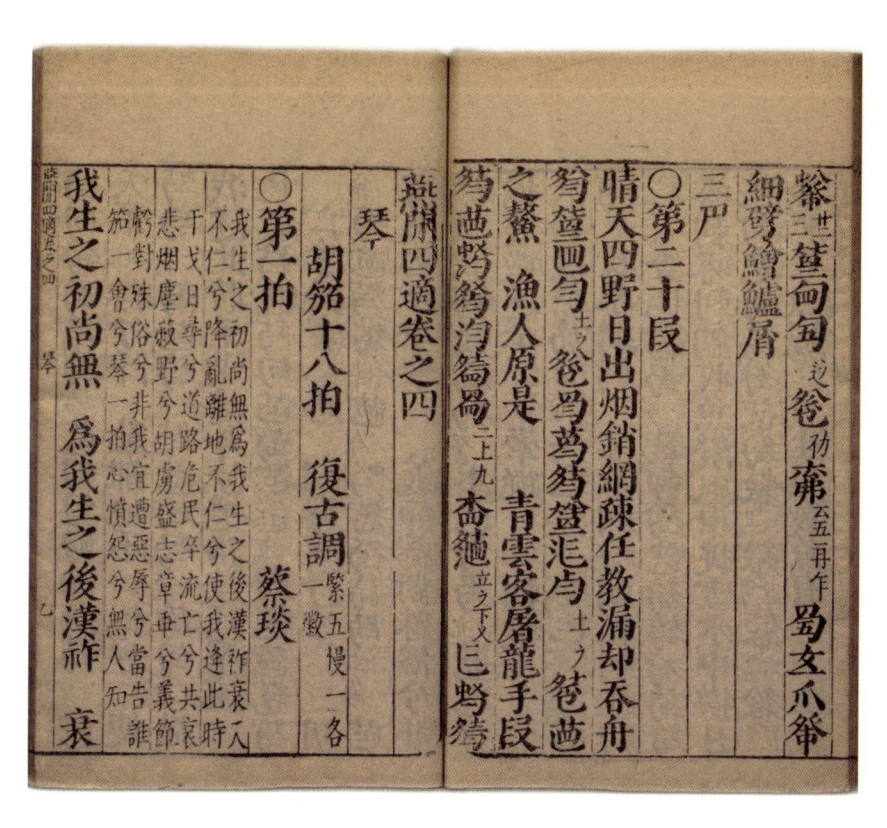

《燕闲四适·琴适·胡笳十八拍》

为流传颇广的琴谱。《胡笳十八拍》经过几百年循环往复的涅槃，终获得了永生。1987年，国际天文学会将水星上的一座环形山命名为蔡琰，即蔡文姬——她本名蔡琰，字文姬。

　　时光盘旋在大唐年间，一个叫戎昱的诗人静静听着一个姓杜的琴师为他弹起一曲胡笳，他在琴声中听见："满堂萧瑟如穷边。第一第二拍，泪尽蛾眉没蕃客。更闻出塞入塞声，穹庐毡帐难为情。胡天雨雪四时下，五月不曾芳草生。须臾促轸变宫徵，一声悲兮一声喜。南看汉月双眼明，却顾胡儿寸心死。回鹘数年收洛阳，洛阳士女皆驱将。岂无父母与兄弟，闻此哀情皆断肠。"（《听杜山人弹胡笳》）

　　一个女子，历尽辛苦，以一朵芙蓉涉水而去，以千朵芙蓉涉水归来。那荒漠无情，却能以清露泻银河，洗出芙蓉万顷，流过一个又一个时代……

# 谁家玉笛暗飞声

## 笛子

笛，来自于八千年前的骨笛，几乎是中国最古老的乐器。因其构造简单，表现丰富，而具有独特的乐器魅力；又因其历史悠久，流传普遍，而具有出色的音乐成就。

　　笛在中国的普及是极其广泛的，它既深入民间，同时又是唐诗宋词抒情慨叹的绝佳伴侣。诗里的笛声，唯美，苍远，销魂，香寒，追怀，潇洒，纵怀，清悠……古人对笛的领悟可谓是至深至纯至臻至灵。

笛，亦称横笛，是六孔横吹的形制。笛身六个按指孔、一个吹孔、一个膜孔，需要贴笛膜。笛膜的震动，使笛比不开膜孔的箫，音色更响亮清越。

其实在古代，笛子并非就是横吹。迄今为止发现的我国最早的一支笛子是河南出土的骨笛，已有八千余年的历史，是新石器时代的乐器。这种用鹤类尺骨管制成的骨笛，是笛的鼻祖，它便是竖吹的。

从骨笛发展到竹笛，是笛子材质的重要进步，开始于四千多年前的黄帝时期。《史记》载："黄帝使伶伦伐竹于昆谿，斩而作笛，吹作凤鸣。"虽然到了今天，笛子的材质在科技进步的背景下有了更多的尝试，有木头制、有玉石制、有合成材料制、有亚克力玻璃制……但是最佳的妙音还是出自竹制的笛子。无论是紫竹还是白竹，竹子自身带有纹理走向，而这细微的纹理，会影响吹奏的音色，使竹笛的声韵比没有纹理的玉石笛、新材料笛等更显灵气和飘逸。

据载，东汉的蔡邕，为了选一根良材美竹制作笛子，执意要拆掉已经盖好的柯亭，指定要建亭子的第十六根竹子制笛。后来，制成的笛子果然音色美妙非凡，不枉重新拆建一座竹亭，于是这支笛便被取名为"柯亭笛"。后来，"柯亭笛"一词，不仅在乐器中泛指美笛，也意喻良才。

竹笛音色的美，古人已然深深领悟。战国时代宋玉的《笛赋》里就说：

延长颈，奋玉手，摘朱唇，曜皓齿，頳颜臻，玉貌起，吟清商，追流澂，歌伐檀，号孤子，发久转，舒积郁。其为幽也，甚乎怀永抱绝，丧夫天，亡稚子，纤悲微痛，毒离肌肠腠理。激叫入青云，慷慨切穷士。

诗说中国　乐舞卷

202

〔唐〕李爽墓壁画《吹横笛仕女图》

长颈抒气，玉手按孔，笛声一起，荡气回肠，清越直入青云，慷慨情动志士。

在汉代以前，笛多指竖吹笛。汉武帝时，张骞打通中土通往西域之路，横笛传入中原，也被称作"横吹"。故此秦汉以来，笛，指竖吹与横吹两种笛形。唐代李白的诗《观胡人吹笛》里说"胡人吹玉笛，一半是秦声"，也是横笛由西域传入而胡人擅吹的一个明证。

到了北周与隋，开始出现"横笛"的固有之名，至唐代，才固定称竖吹的为箫、横吹的为笛。

西汉以后，笛子逐渐流行于全国。到了元代，因为戏曲艺术的蓬勃发展，笛子成为多个剧种必不可少的伴奏乐器，从而流传于大江南北。元朝以后的笛子，与现在的横笛形制便极为类似了。

在戏曲伴奏中，最为重要的两类笛子是梆笛和曲笛。

梆笛之名，得之于它是为北方梆子戏伴奏的乐器。梆笛调高，笛身短小，音色高亢明亮，笛曲跃动豪放，常用于河北梆子、秦腔、评剧等北方剧种中。梆笛的代表曲目有《五梆子》《喜相逢》等。

曲笛之称，得之于它是南方昆曲的必备乐器，也称苏笛。曲笛比梆笛调低、身长，音色醇厚圆润，笛曲悠扬婉转，深具昆曲水磨腔调般的细腻韵味。曲笛的代表曲目有《姑苏行》《鹧鸪飞》等。杜甫《吹笛》诗开篇便说"吹笛秋山风月清"，虽然在唐代还没有形成昆曲，但是这种月朗风清、山远秋香的意境，大约可以形容曲笛的韵致。

此外值得一提的是竖笛，其实也就是牧童笛、直吹笛，大量诗歌描绘以及牧童画作里的笛子形象，都是这种笛子。

横笛的演奏技巧是十分繁复的，对气息、指法、舌上技巧都要求极高，没有刻苦练习就没有高明的演奏。但是为何大量文艺作品中都把牧笛声声描绘得如此令人向往呢？试想，一个整日放牧的山村孩童，哪有人对他进行精严的音乐教育？其实，小孩子手中把玩的是竖吹的牧童笛，有簧片、无笛膜，信口吹响几个腔调并非难事，虽无精妙曲技，但也意趣盎然。

这就像宋代雷震《村晚》一诗里说的：

**草满池塘水满陂，山衔落日浸寒漪。**
**牧童归去横牛背，短笛无腔信口吹。**

牧童横跨牛背，日暮青草归途，把一支短笛，送一站夕阳，小嘴一鼓，童年就从嘴边汩汩地流出，流淌在山村的小路上。

"短笛无腔信口吹"，这句话写得妙趣横生、形象活泼，所以后来也往往被人们用于形容自己信手创作的一些文艺涂鸦，是一种对作品的自谦的说法。

在中国，笛的普及是极其广泛的，会笛的民间艺人往往多过其他乐器演奏者。因为笛的价位低、好入门，体积小、好携带，同时，它的音色嘹亮出众，独奏时便自成逍遥，合奏时更出类拔萃。

在城里，有曲就有笛；在乡下，有戏就有笛；在堂上，有舞便有笛；在山里，有牧童便有笛！

拈一支笛子，闲闲一站，便可成为绝对的焦点。笛子从来不是甘于寂寞的乐器，它声音清亮、音色亮丽，一出声，就要一鸣惊人，几乎能驾驭各类曲目。

同是中国传统吹奏古乐，如果说，埙的沉郁，像一位沧桑的老者；箫的深邃，像一位幽思的文人；那么，笛的嘹亮，就像一个阳光开朗、活力四射的小伙子，它从不懂低回，只知道生来就是高调，开口便要惊艳！

所以笛子才那么深入民间。了解它，不需曲径通幽费时费力，它会不遮不掩涌入你的耳膜，不管不顾撞进你的心里。在你起舞时一同激越，在你高歌时一同嘹亮；在你路过时拉你驻足，在你消沉时唤你昂扬。

笛的声响在大江南北随处可闻，使得笛的身影在唐诗宋词中随处可见。大约，古人也曾在孤独时被笛陪伴过，在失意时被笛唤醒过；脚步无论行至哪一地都与笛相逢过，舟船无论荡漾哪一处都伴笛行旅过。

诗里的笛声，是唯美的。

宋代陈与义的词《临江仙·夜登小阁忆洛中旧游》，堪称写笛之诗意洒然的绝笔：

> 忆昔午桥桥上饮，坐中多是豪英。长沟流月去无声。杏花疏影里，吹笛到天明。　　二十余年如一梦，此身虽在堪惊。闲登小阁看新晴。古今多少事，渔唱起三更。

"杏花疏影里，吹笛到天明"，一夜笛声到天明，这样独奏春夜的心情，应当是悠思深远而略带落寞的。然而因为有花香如雪的环绕，又是抒怀解意而唯美绝伦的。在花影疏落里，有心香瓣瓣的舞动，有清笛声声的律动。

笛之清亮优美，缓缓拉开了香芬的夜，徐徐迎来了拂晓的明。

在这样的笛声缥缈里，梦魂有多少吐不尽惆怅地以美丽姿态归来？心绪又如何能不倾尽幽怀地为美好黎明静待？

有一种诗里的笛声，晕染了灵魂，唯美出天明。

诗里的笛声，是苍远的。

唐代李益一首《夜宴观石将军舞》，写尽了笛声剪影山险关高的苍凉：

微月东南上戍楼，琵琶起舞锦缠头。
更闻横笛关山远，白草胡沙西塞秋。

白云悠悠，关山苍苍，孤城寂寂，远漠茫茫。关塞的风，是扫荡时间的无情的手，边关遗忘在山水家乡的温柔之外，征人寥落在桃红柳绿的热闹之外。

日暮风寒，英雄泪残，一曲笛声阔远而来，笛声里，有对生命温暖的渴盼，有对日惨关冷的苦叹，有高亢长久、回荡在山关斜阳里苍凉笛音的千年呼唤。

呼唤的，是青山白骨的归处，是史书匆匆的注目，是浮游一世、悲鸿半生的转眼日暮。

有一种诗里的笛声，沉重了山石，苍凉着日月。

诗里的笛声，是销魂的。

唐代诗仙李白，把一曲笛音的勾魂摄魄写进《春夜洛城闻笛》，写成笛的烙印：

**谁家玉笛暗飞声，散入春风满洛城。**
**此夜曲中闻折柳，何人不起故园情。**

"折柳"，指横吹曲《折杨柳》，是表达伤春惜别的词曲。古人送别，有折柳相赠的习俗，"柳"的谐音是"留"。所以"曲中闻折柳"，便是听到了远离故土时的送别之音，便是复发了踏出乡关时的依依之情。

又是春风一度，洛阳花好又一春，玉笛飘远，启封了心底的柔情。洛城虽好，不是家乡；春风虽暖，不在故园。所谓"谁家玉笛暗飞声"，暗暗飞度的，是离愁别绪，是吹笛人的乡情低回不忍放声而奏，是听笛人的乡愁暗起不敢澎湃而出。

这样的笛声，是黯然牵肠的幽远，是乘风入户的悠扬。

有一种诗里的笛声，轻启了春愁，销魂着月色。

诗里的笛声，是香寒的。

"香寒"这个词，常用来形容梅花。梅花开落，冷艳寒香。当笛与梅在夜下相逢，便谱出一曲清寒扑面的暗香盈月。

宋代姜夔有《暗香》词说：

旧时月色。算几番照我，梅边吹笛。唤起玉人，不管清寒与攀摘。何逊而今渐老，都忘却、春风词笔。但怪得、竹外疏花，香冷入瑶席。　　江国。正寂寂。叹寄与路遥，夜雪初积。翠尊易泣，红萼无言耿相忆。长记曾携手处，千树压、西湖寒碧。又片片、吹尽也，几时见得。

曾有最美的时光，是在月下吹笛的时光，是在梅边奏曲的时光，是有玉人携手的时光。那时，片片香寒也如春风温煦，浸浸凉夜也如香暖摇曳。然而如今，荒老了时光，离落了故人，暗淡了诗情，却清晰了记忆。

记忆如昨再遍遍描摹，梅影香寒再一一吹遍，也不得见旧日再重来。这就是，"又片片、吹尽也，几时见得"。

梅的气韵是冷艳，月的气质是出尘，夜的气蕴是暗香浮动，笛的气息是百转千回。

有一种诗里的笛声，熏染着时光，香寒了岁月。

诗里的笛声，是追怀的。

正因为吹管乐器的线性音色特征以及它倾吐情绪一般的演奏方式，人内心深深的追述在管乐面前更能表现得淋漓尽致，抒发得酣畅深情。比如在对江南水乡的思潮荡漾里，唐代皇甫松以一首《梦江南》词说：

> 兰烬落，屏上暗红蕉。闲梦江南梅熟日，夜船吹笛雨潇潇。人语驿边桥。

雨潇潇，情暗暗，笛沉沉，夜深深。梦中的江南，是乌篷夜宿，是芭蕉雨打，是驿桥相对，是人语不散。

在江南，夜雨的潇潇是诗情；在水乡，软语的低诉是柔情。而今魂梦一度，仿佛笛韵还悠悠荡荡，倏忽半生已飘飘晃晃。

若得江南老，若再笛音绕，若好梦常相邀，若人归故乡桥……凭笛声追忆往事，凭梦语相思来迟。

有一种诗里的笛声，梦断了来路，追怀着远方。

诗里的笛声，是潇洒的。

因笛声绵长，故可沉、可郁、可忧、可伤；又因笛声高亢，故可狂、可傲、可欢、可醉。宋代黄庭坚，便以一首《鹧鸪天》泼墨出隐士狂情：

> 黄菊枝头生晓寒，人生莫放酒杯干。风前横笛斜吹雨，醉里簪花倒著冠。　身健在，且加餐，舞裙歌板尽清欢。黄花白发相牵挽，付与时人冷眼看。

菊花寒立枝头，志士空闲寂寞，风吹雨打斜，人生行路难。与黄花为伴退居深山，把冷眼对人时非我辈。

自古以来，大多狂傲之姿，是因抑郁之事；大多恣意之态，是因失意之情。抑人世多艰，郁世态炎凉，失理想之路，意不平之情。

白发对黄花，山野冷红尘，是冷傲，是不屑，是退隐，也是无奈。

此时，笛的昂扬解人寂寞、抒人郁结。横笛在手，天地为伴，醉里簪花，雨里斜行，也是有幸洒脱，也是有味清欢！只要身康体健、神清气爽，何处不江湖？哪处无佳音？笛的清扬四野，带受伤的心在音乐疗养中肆意放飞。

有一种诗里的笛声，绽放着风姿，潇洒了人生。

诗里的笛声，是纵怀的。

笛的韵致，大多时候都盎然飞扬，像艳阳穿透，像激云裂石。于是，青青儿郎把曲当歌，豪迈男儿纵曲惊尘。

正如宋代杨万里的《舟人吹笛》中所说：

**船上儿郎不耐烦，醉拈横笛吹云烟。**
**一声清长响彻天，山猿啼月涧落泉。**

船行山涧，本就轻舟激流，偏偏持笛的青年还要更纵怀一度，一度九霄，清越重山，唤猿啼两岸和声。

"醉拈横笛",闲闲一站就有松翠般的逍遥姿态;"一声清长",吹烟入云有惊天般的回响。辛弃疾是"醉里挑灯看剑",那还是在屋帐之中舞弄;而这男子却是醉中横笛船头,在山水摇摆间纵意清音。

笛的清越,能携心飞九天;笛的清亮,能逍遥醉落泉。

有一种诗里的笛声,荡漾了山水,纵怀了天地。

诗里的笛声,是清悠的。

笛不仅音色清越、音调清亮,而且可运曲清悠、持韵清澈。幽幽然然里,让心神落回安静处;悠悠远远中,让灵魂遥驰千年外。

南唐后主李煜的《望江南》中如是说:

> 闲梦远,南国正清秋。千里江山寒色远,芦花深处泊孤舟。笛在月明楼。

横笛送飞雁,月影晚秋捞。清寒淡笼的南国,轻烟袅起的江山,似梦里的一张水墨画,似前世的一幅老图卷。

笛声怅然,巡回在是梦是真的脑海里;笛声畅然,舒怀在孰是孰非的清音里。

每个人心底都有一个梦里江南,是芦花片片,是舟行缓缓,是月光淡淡,又是残影远远。笛声了解,从古到今,吹着曲中人共同的梦境。

偷得浮生半日闲,放一颗心醉倒在笛韵里,体味烟笼陈年的意境。

有一种诗里的笛声，沉醉了古今，清悠了你我。

笛子的诗情，还体现在以曲传声的无言相交上。中国十大古曲之一的《梅花三弄》，相传是东晋时桓伊将军善奏的笛曲，声名在外。一天，书法家王徽之乘船行江，得知桓伊正打岸上经过，于是，王徽之命人转达，希望能闻桓伊一曲笛音。桓伊虽为高官贵胄，却泰然下车，为王徽之吹奏了一曲《梅花三弄》，而后上车而去。

整个过程中，双方未交谈一言、未寒暄一句，只凭笛声神交，已是彼此懂得。

原来，最美的语言就是音乐的语言，最美的相知就是曲中的相知。

"桓伊出笛吹三弄梅花之调，高妙绝伦，后人入于琴。"（朱权《神奇秘谱》）桓伊这首笛曲，后来谱入七弦古琴，成为闻名遐迩的琴曲《梅花三弄》。这首原本来自六孔笛的古曲，见证着一种魏晋风骨的君子之交，是以笛为凭证的磊落相交。

极简单的构造，极丰富的表现，这就是笛的乐器魅力；极悠久的历史，极普遍的流传，这就是笛的音乐成就。

六孔按出天满星，催风化雪夜鸣莺。笛的一曲劲力，能呼北风，能唤春归。

玉笛拨弄柄北斗，梅花开落绽黎明。笛的一曲清音，能越千年，能惊晨昏。

"一声玉笛向空尽"（张祜《华清宫四首》），笛，起自天外，落入心湖。

"寒山吹笛唤春归"（李益《春夜闻笛》），笛，来自古远，走向万户。

# 彩云追月暗有情

葫芦丝

葫芦丝，又称葫芦箫，云南少数民族的特色乐器，同时也存留了古乐的身影。它简单易学，容易入门；小巧轻便，便于携带；既具有民间特色艺术品的美观性，又具有令人听而不忘的柔美浓情。

葫芦丝是有性格的乐器。它音色似月光，缠缠绵绵浸润人心；它多情而奔放，真挚热烈情意炙人；它与歌舞共生，飘忽轻盈浓情似醉。

葫芦丝，又称葫芦箫，是少数民族乐器中极具代表性的一件优异之作。它音色柔美悦耳、感染力极强，因而近年来，已从西南边疆流传至大江南北，广受民众喜爱。

葫芦丝本是云南傣族、彝族、佤族、阿昌族等少数民族的特色乐器，但是它的前身可以追溯到先秦时期的葫芦笙，是在六管葫芦笙的基础上演进改造而来的，所以也算是古乐身影的遗存。

葫芦丝名如其形，由葫芦作为音箱；葫芦尾部有三根长短不一的竹管并排插入，嵌有铜质簧片，所以葫芦丝属簧管类乐器；中间最长的一根竹管是主管，开七孔，前六后一，吹奏主旋律；旁边两根副管只发固定的单音，没有音孔，副管可打开可闭合，副管开启即可与主管的旋律构成和音效果。

初学者也可以暂时忽略副管，只吹奏主管，这时候，一根单管的葫芦丝就很像是古箫的意思了，所以它亦名"葫芦箫"也不是没有根据的。

葫芦丝，从技巧上看，简单易学，容易入门；从身形上看，小巧轻便，便于携带；从造型上看，具有民间特色艺术品的美观性；从音色上看，具有令人听而不忘的柔美浓情。因此，无论是非专业的音乐爱好者还是音乐基础薄弱的少年儿童，甚至是好奇中国文化的外籍友人，都越来越多地去学习演奏葫芦丝。

葫芦丝，就像一个热情率直的少数民族朋友，它从不高高在上地拒绝任何人，而是如同蝴蝶泉边的彩蝶一只，走街串巷、轻歌曼舞，轻盈地飞入各地百姓家。

葫芦丝更适合吹奏山歌与民间小调，独具风味。虽然没有大型套曲、千年古乐的厚重深邃，却有彩云追月、孔雀开屏般的轻盈翩跹。

葫芦丝是云南的热情男儿吹奏传情、月下示爱的乐器，是滇地的妩媚女子凭声起舞、伴乐高歌的乐器，所以它从来都不会礼节重重、顾虑深深，而更像是心情的自由释放，是青春的自在写意。

它的乐曲，属于流畅美丽的心境，属于深情欢快的歌舞；它的音色，适于曲调悠扬的长音，适于甜蜜柔美的和音。

所以，听葫芦丝，会收获一份甜美，会开启一份柔情，会向往一种轻快的人生，会懂得一种和谐的情致。葫芦丝不属于教条，属于情动；不在乎技法高超，在乎情真意切。

正因为葫芦丝长时间以来都是奔放的边陲少数民族的典型乐器，所以汉家文人对于它的诗词描绘极为罕见。现在我们要走近葫芦丝，只有从它所演奏的一些著名乐曲中去了解。

葫芦丝演奏曲中最著名的一首，当数《月光下的凤尾竹》。此曲来源于到云南采风的诗人，看到月光下、竹林中，青年男女情歌呢喃、软语温存，葫芦丝声飘夜色、悠悠荡荡，于是深受感染，开始写词，后由音乐家施光南谱曲而成。

诗词里同时描写月与竹的篇章也有，但不是过于清冷，比如"独坐幽篁里，弹琴复长啸"（王维《竹里馆》），就是过于幽寂，比如"竹院新晴夜，松窗未卧时"（白居易《对琴待月》）。似乎在汉文化的固化印象里，竹就是偏于幽冷的，而月就是偏于寂寞的。

但是，在温暖如春的西南地区，那里的凤尾竹偏偏是温柔似水的，那里的白月光恰恰是旖旎如醉的。所以，一曲《月光下的凤尾竹》，像是暖风吹来了竹林的私语，明月照亮剖白着的心迹，曲调悠扬，情致欢愉，凤尾拂动清清柔柔，云托月绕轻轻扬扬。

聊且选一些不那么凉意森森的竹与月的诗词，去比拟葫芦丝此曲中的调子吧：

> 山中日日试新泉，君合前身老玉川。
> 石枕月侵蕉叶梦，竹炉风软落花烟。
> 点来直是窥三昧，醒后翻能赋百篇。
> 却笑当年醉乡子，一生虚掷杖头钱。
> 
> 陈继儒《赠醉茶居士》

一枕月色，好梦留人，一炉风软，花烟醉人。"石枕月侵蕉叶梦，竹炉风软落花烟"，如果单独看这一句，感觉还像是《月光下的凤尾竹》，是"月出小"，"何皎皎"（张玉娘《山之高》）月下思人的月，是"风细细""青烟里"（朱服《渔家傲》）竹映烟绿的竹，是属于心底的一抹温柔，是属于夏夜的一晚清歌。

其实中国自古的月文化，不仅与乡愁相连、与寂寞相衬，也与美人相连、与思念相衬。比如《诗经·月出》中说"月出皎兮，佼人僚兮，舒窈纠兮，劳心悄兮"，月的一轮清光，实在是很容易勾勒出佳人的轮廓，牵扯起诗人的情思。这样看来，《月光下的凤尾竹》，真情实感地还原了人们对月最本真的初心。

218

［元］吴镇《墨竹谱》（其一）

月色下，竹影摇，那份婀娜在恋人身边更显解意，那份款动在情歌之畔更显迤逦。就像清代王慕兰《外山竹月》诗中说：

待到深山月上时，娟娟翠竹倍生姿。
空明一片高难掇，寒碧千竿俗可医。

待到月上中天，翠竹倍加娟娟；待到月色笼人，绿竹尤显风姿。这诗里的娟娟竹姿，想必远不如凤尾竹林的风情摇曳，因为这诗里只有深山伴竹慰寂寥，那曲中却有情思款款人语长。

竹最早的美好意象，来源于《诗经·淇奥》中的描写："瞻彼淇奥，绿竹猗猗。有匪君子，如切如磋，如琢如磨。"诗歌以绿竹苍翠作比男儿风姿，是在赞誉君子风范。那么，《月光下的凤尾竹》中的竹似乎也可以不仅仅是背景和环境，也可以是男儿的诉说与心事的吐露。

且看元代画家吴镇题写的《野竹》：

野竹野竹绝可爱，枝叶扶疏有真态。
生平素守远荆榛，走壁悬崖穿石埭。
虚心抱节山之河，清风白月聊婆娑。
寒梢千尺将为何，渭川淇奥风烟多。

竹有真态，人有真情，清风白月，情愫婆娑，淇奥绿竹水之湄，风烟竹楼月之眉。

月儿弯弯，便如眉梢婀娜，似曲调细腻婉转；月儿圆圆，便如两情团圆，似曲风甜蜜轻扬。无论是月下诉说情思的奏曲追求，还是月中执手相看的两情相悦，都让月笑弯了眉，让月点亮了心。

这样温暖湿热的云南夜晚，必须用诗词中的夏夜描写才能略近其意：

> 新竹日以密，竹叶日以繁。
> 参差四窗外，小大皆琅玕。
> 隆暑方盛气，势欲焚山樊。
> 翛然此君子，不容至其间。
> 清风如可人，亦复怡我颜。
> 黄昏开竹杪，放入月一弯。
> 绿阴随合之，碎玉光烂斑。
> 我举大槛酒，欲与风月欢。
> 清风不我留，月亦无一言。
> 独酌径就醉，梦凉天地宽。

郑刚中《大暑竹下独酌》

凤尾竹款款律动，开阖明暗的月色撩人，婆娑间琼光如碎玉笼地，"绿阴随合之，碎玉光烂斑"。

  一曲葫芦丝倾尽相思，丝丝入扣的是曲调，思思念念的是心跳，曲声下酒能醉人，风月为凭证誓约，"我举大槛酒，欲与风月欢"。

  《月光下的凤尾竹》，非常能代表葫芦丝这件乐器的韵致。葫芦丝的乐器性格，是属于月光的。它不擅激昂却善解风情，它悠扬唯美，它浪漫诗意，它的音色正像月光缠缠绵绵浸润人心，"幽音待清景，唯是我心知"（白居易《对琴待月》）。

  葫芦丝另一首广为人知的曲目，就是《婚誓》，演奏技巧比较简单，情感真挚悱恻动人。《婚誓》由作曲家雷振邦创作，本是电影《芦笙恋歌》的插曲。但是，几十年过去了，老电影的影像已经淡去，经典插曲的旋律却从未远去，反而传唱极广，深入人心。

  从曲目的名称就可以看出，《婚誓》不再仅止于两心的相悦，更发展为两情的相约，是从恋情上升为婚情，由山盟海誓晋升为结发婚誓。

  情的主题，似乎是葫芦丝曲的恒久主题；情的韵致，也是葫芦丝声的独特韵致。所以，这就是葫芦丝这件乐器的第二大格调属性。《婚誓》的歌词如下：

    阿哥阿妹的情意长，
    好像那流水日夜响；
    流水也会有时尽，

阿哥永远在我身旁。

阿哥阿妹的情意深，
好像那芭蕉一条根；
阿哥好比芭蕉叶，
阿妹就是芭蕉心。

燕子双双飞上天，
我和阿哥（妹）荡秋千；
秋千荡到晴空里，
好像燕子云里穿。

弩弓没弦难射箭，
阿妹好比弩上的弦；
世上最甜的要数蜜，
阿哥心比蜜还甜。

鲜花开放蜜蜂来，
鲜花蜜蜂分不开；
蜜蜂生来就恋鲜花，

**鲜花为着蜜蜂开。**

在中原汉地,男女两人一旦走入婚姻、结为连理,总是显得责任感大于甜蜜感,总是显得誓约沉重大于欢喜飞扬。比如"在天愿作比翼鸟,在地愿为连理枝,天长地久有时尽,此恨绵绵无绝期"(白居易《长恨歌》),姻缘带来的遗恨沉重过情缘带来的喜悦;比如"结发为夫妻,恩爱两不疑……生当复来归,死当长相思"(苏武《留别妻》),婚姻悲剧的预判沉重过两情燕尔的既得。

而在热情奔放的葫芦丝飘扬的少数民族地带,《婚誓》的传唱,是两情期许、甜蜜无双的,是此生执手、热切缠绵的。听《婚誓》,会不自禁地唤醒人对美好生活的向往,对金玉良姻的感念。

这样的相依相伴,让人想起宋代诗人范成大《车遥遥篇》中的句子:

车遥遥,马幢幢。
君游东山东复东,安得奋飞逐西风。
愿我如星君如月,夜夜流光相皎洁。
月暂晦,星常明。
留明待月复,三五共盈盈。

阿哥阿妹,像蜂蜜鲜花不分离,像燕子云里永相随,这就是"愿我如星君如月，夜夜流光相皎洁"中描绘的那一份光风霁月的缠绵，那一份心地坦然的喜欢，那一份天地为证的誓言。

面对婚情，汉文化给女性标榜的典型形象往往是娇羞怯躲、被动等待的，然而《婚誓》中的女子，是热情主动的，是坦荡诉说的，她把自己比作芭蕉心、云中燕、弩上弦、蜂蜜鲜花，不迭地喜悦，不羁着风情。

这样的浓情，诚如五代时期韦庄《思帝乡》词中说：

春日游，杏花吹满头。陌上谁家年少，足风流。妾拟将身嫁与，一生休。纵被无情弃，不能羞。

爱上那家年少，就拟将身嫁与，这样勇敢的情感追寻，更为真挚热烈，更令人感佩。多情的葫芦丝，它懂得男儿心中的追求，它鼓励女儿心中的追逐，似乎在它的启发与陪伴下，没有什么情丝绵绵不能诉说，也没有什么情意深深不该诉说。

葫芦丝的《婚誓》曲意是率真，葫芦丝的乐器属性是多情。如果拿这来自彩云之南的情思，相比古诗词中苦求的婚约誓言：

它比"执子之手，与子偕老"（《诗经·击鼓》）的描绘更民俗化。

它比"琴瑟在御，莫不静好"（《诗经·女曰鸡鸣》）的叙述更生活化。

它比"身无彩凤双飞翼，心有灵犀一点通"（李商隐《无题》）的遥想更显简单化。

它比"春蚕到死丝方尽，蜡炬成灰泪始干"（李商隐《无题》）的形容更为喜剧化。

它比"我欲与君相知，长命无绝衰。山无棱，江水为竭，冬雷震震，夏雨雪，天地合，乃敢与君绝"（《汉乐府·上邪》）的决绝更能人间化。

而它比"愿得一心人，白头不相离"（卓文君《白头吟》）的苦苦企盼，更是已经现实化。

云南少数民族经常这样骄傲地形容当地人："会说话就会唱歌，会走路就会跳舞。"歌舞，是云南人民极其重要的生命生态，是天生携带在身体里活跃的艺术细胞。所以，彩云之南的葫芦丝，第三层乐器属性就是，它是属于歌舞的。

我们可以通过葫芦丝中享誉已久的一首《瑶族舞曲》来遥述风貌。《瑶族舞曲》形容了瑶族同胞载歌载舞欢庆节日的场面，改编自当地民间舞曲《长鼓歌舞》。因而，这首曲子节奏感更强，律动性更强，快慢缓急交织错落感更强，听曲，即可目睹其舞容。

在那银色的月光下，一位少女翩翩起舞，如一只金孔雀炫丽惊人；然后，姑娘们都受其感染，纷纷加入舞蹈的行列；而后，小伙子们也欢畅着高歌同舞，气氛热烈，欢快活泼；最后，乐曲在酣畅淋漓中渐渐平复收尾，如画面渐渐拉成远景。月色正好，夏夜正香。

唐代顾况的一首诗形容这种舞容还可算贴切：

> 汗浥新装画不成，丝催急节舞衣轻。
> 落花绕树疑无影，回雪从风暗有情。
>
> 《舞》

舞动翩跹，流风回雪，情致款款，倩影如花。展颜一舞，踏碎了多少月光，缭乱了多少目光，暗获了多少钟情。

《毛诗·序》说："在心为志，发言为诗。情动于中而形于言；言之不足，故嗟叹之；嗟叹之不足，故永歌之；永歌之不足，不知手之舞之，足之蹈之也。"舞蹈的放情，本就是心中情志的一种外化体现。当汉家士人以诗文传情的时候，瑶族儿女就以歌舞写诗。

这是一首以月夜为纸、以舞容作笔、以竹林为镇尺、以心情为墨色，写在天地间的诗。

舞是话语的一部分，是诗篇的一章。白居易《忆江南》的词说：

> 江南忆，其次忆吴宫。吴酒一杯春竹叶，吴娃双舞醉芙蓉。早晚复相逢！

江南的舞姿，醉了水边的芙蓉，醉了诗人的浮生；而西南的舞姿，醉了林边的篝火，酣忘明月的西沉。

在葫芦丝声催舞动的少数民族地区，不必再遗憾白居易难得美人一顾的"早晚复相逢"；在这里，是能歌善舞、把酒今宵的"歌舞小婵娟"（薛能

《柘枝词》)！

唐代李群玉《长沙九日登东楼观舞》（其一中）说：

南国有佳人，轻盈绿腰舞。
华筵九秋暮，飞袂拂云雨。
翩如兰苕翠，婉若游龙举。
越艳罢前溪，吴姬停白纻。
慢态不能穷，繁姿曲向终。
低回莲破浪，凌乱雪萦风。
坠珥时流眄，修裾欲溯空。
唯愁捉不住，飞去逐惊鸿。

佳人轻盈，飞逐惊鸿，翩如兰苕，婉若游龙，歌起绿腰轻，舞动拂云雨。而在瑶族的歌舞夜，那竹林也融入了乐队，竹叶沙沙着击节作乐，那清风也加入了舞群，徐徐着长袖善舞。

葫芦丝，乐声一起，本身就如一曲舞，那么飘忽轻盈，那么情致起伏，那么柔情似水，那么浓情似醉。

乐声起，梦翩然，花影动，月盈水；乐声停，如梦醒，竹影散，云月去。葫芦丝令人叹息梦中，更令人叹息曲停。

"只愁歌舞散，化作彩云飞。"（李白《宫中行乐词》）

葫芦丝的魅力，就在于它小家碧玉般的引人入胜、如歌似诉。

葫芦丝，虽是云南地区少数民族的吹奏乐器，但凭借其轻柔甜美的独特音色，早已远远飞出西南山区，于大江南北随处可闻其轻扬婉丽。

葫芦丝可谓音色至柔，如风拂竹叶，如清泉石流，悠悠忽忽飘上青云，荡在竹梢，缠进月弯，在都市匆忙的人们心间，平添了几多柔情。丝竹缭绕处，奏出一方多情香幽的天地。

# 琵琶弦上说相思

——琵琶

琵琶，这一自西域传入的外来乐器，以其高调在众多乐器中脱颖而出。它声音明亮，音色甜美，具备出众的感染力；它表现力丰富，既能剑拔弩张、金戈铁马，又能柔情似水、密如私语。因此，琵琶的性格是双重的，它可以彰显北方风沙的霹雳弦惊，也可以演绎江南丝竹的悠扬婉转。

在诗里、在画里、在乐队里、在歌舞里、在南北、在古今，琵琶都是一件不可或缺、不可忽视的优秀乐器。

"琵琶"古称"批把",这两个名称其实从本质上并无分别,都是在指这种弹拨乐器的演奏手法:"琵"或"批",是指右手向前弹;"琶"或"把",是指右手向后弹。

正如汉代刘熙《释名·释乐器》中记载的:

> 批把本出于胡中,马上所鼓也。推手前曰批,引手却曰把,象其鼓时,因以为名也。

"推手前"就是右手向前弹,"引手却"就是右手向后弹,"鼓"就是演奏的意思。

正因为"琵琶"这个词所指的是演奏手法,所以,在秦汉至唐早期,一称"琵琶",就不仅仅指我们今天所专称的这种竖抱、木制、四弦、半梨形音箱、左手按弦、右手五指弹奏的乐器,当时,无论圆形音箱还是梨形音箱,无论横弹还是竖弹,只要是符合"批把"演奏手法的弹弦类乐器,就统称为"琵琶",如后文将要介绍的阮咸,在那时就叫"秦琵琶"。

直到大约魏晋至唐宋这一时期,琵琶这件乐器才得到了自己专称的定型。

"批把本出于胡中",琵琶是外来乐器,在南北朝时期经龟兹传入中原,以其高调技压全场,成为乐队中的主奏乐器,成为歌舞中的必备妙音,成为遍布大江南北、出入宫廷民间的当红明星,成为众多乐师苦练傍身、凭此闻名的看家本领。

琵琶深入人心的受欢迎程度和令其他很多乐器都望尘莫及的音乐成就，仅仅凭借它在唐诗宋词里的频频现身，就可见一斑。而这得益于琵琶自身乐器属性的优秀。

琵琶的声音明亮、音色甜美，这就使它具备了出众的感染力；同时琵琶的表现力极为丰富，既能剑拔弩张、金戈铁马，又能柔情似水、密如私语；它在演奏时，既能领奏乐队、凌云当空，又能信手弦歌、评弹伴唱，它还更善于长袖踏歌、翩然伴舞，甚至迎风出塞、惊雷马上。

当今的琵琶，已经由最初的横弹改为竖弹，由拨弹（用一个拨片弹奏）改为指弹（五指戴义甲弹奏），这就大大提升了琵琶的演奏张力。琵琶，早先虽是外来乐器，然而在后来漫长的历史中，它早已成为中华民族古乐里的重要代表。

琵琶因为是从西域传入中原的，所以它总与边疆气质、异域文化相联系——在琵琶身上，具备着一种塞外风情。正如王翰著名的唐诗《凉州词》所写：

**葡萄美酒夜光杯，欲饮琵琶马上催。**
**醉卧沙场君莫笑，古来征战几人回。**

西域的温带大陆性气候，使那里出产的葡萄甘甜异常，所以将士们豪饮葡萄酒，这就点明了诗歌所唱的疆域所在。"欲饮琵琶马上催"，《释名·释乐器》中所说"批把本出于胡中，马上所鼓也"，西域胡人是怀抱琵琶在马上弹奏的。至于这个"催"字，是说催征人上阵迎战，还是喻指琵琶弹奏急促，历来有着不同的释义。

在琵琶声里，戍客们痛饮豪歌、暂忘生死，确实是诗人亲临营地才能写出的纪实心情。今朝有酒今朝醉，美酒千杯将生死置之度外，这是将士表面加倍的疏狂，也是诗人笔下加倍的心酸。

一临战场，血火交加，每晚的酒也许都是最后一次举杯，在琵琶声扬边塞的硝烟中，冲杀是那么平常，生死是那么无常。

来自边疆的琵琶声催，曲尽欢歌，是战歌，亦是别歌。

边塞的琵琶声，还有王昌龄《从军行》中写的：

**琵琶起舞换新声，总是关山旧别情。**

**撩乱边愁听不尽，高高秋月照长城。**

如果说，"欲饮琵琶马上催"，是埋骨沙场、战火威胁前的任性释放；那么，"琵琶起舞换新声"，就是戍守关山、长长寂寞里的思绪碾压。

无论有没有死亡的阴影，关山冷月下多年不归的沧桑苦寒也是令人难熬的痛；无论琵琶起舞更换多少新作曲调，寒光照铁衣的征人望乡也是永恒不改的乡愁主题。

秋月又照了长城，春风又忘了边关，生命又逝了一岁，家乡又远了一年。

边愁听不尽缭乱，大漠吹不尽风寒，琵琶弹不完沧桑，关山写不完离愁别绪。

来自关塞的琵琶起舞、关山离情，是新曲，亦是旧声。

琵琶这件乐器因为惯识了军中狼烟，所以它也具有金戈铁马的杀伐之音。明代王猷定《汤琵琶传》中，记录汤应曾弹奏琵琶曲《楚汉》时的情景：

> 当其两军决战时，声动天地，瓦屋若飞坠。徐而察之，有金声、鼓声、剑弩声、人马辟易声，俄而无声，久之，有怨而难明者，为楚歌声；凄而壮者，为项王悲歌慷慨之声、别姬声。陷大泽，有追骑声，至乌江，有项王自刎声，余骑踩践争项王声。使闻者始而奋，既而恐，终而涕泪之无从也。

这样的叙述，正如中国十大古曲之一、琵琶曲中著名的《十面埋伏》所奏情景一样，乐曲是在描写公元前202年楚汉相争时最后的垓下决战，汉军以十面埋伏的阵法击溃楚军，刘邦取胜，项羽自刎。慷慨悲歌，仿若史诗。

如唐代李峤诗里说"本是胡中乐，希君马上弹"（《琵琶》），琵琶从来不似琴箫是文人化的乐器，琵琶是生命力顽强的花草：可开在塞外，疾风知劲草，也可落入江南，玉树后庭花；可走上朝堂，弦索调初张，可散落民间，浔阳江上月；可冲锋，可低回；可妩媚，可俚俗。这是属于琵琶的无限张力。

西域的琵琶韵致，还与歌舞密切相关。敦煌壁画上，有很多反弹琵琶的舞女形象，那就是琵琶的异域魅惑与天国仙姿。

来自西域的琵琶声动、穿云裂空，是乐歌，亦是史歌。

琵琶的马上弦索，不仅止于男儿的一脉遒劲，也有属于女子的一抹嫣红。那就是昭君出塞时的琵琶相陪。几乎所有的昭君出塞图，都是昭君身披红色大氅怀抱一只琵琶，眼望前方，天苍地黄。

史称王昭君善弹琵琶，所以那么多以描写她来抒发家国之情的诗词，总是离不开关塞路上的琵琶形象。

比如唐代李商隐的《王昭君》写：

**毛延寿画欲通神，忍为黄金不顾人。**
**马上琵琶行万里，汉宫长有隔生春。**

这首诗介绍了汉宫女子王昭君的传说：据说她因不肯重金贿赂画师毛延寿，所以未能进入汉元帝的后宫，后被千里迢迢送到匈奴和亲。昭君一去，终生未能重归中土，汉宫春于她已是隔生隔世的遥远。所以诗词总在借此而悲叹昭君命运的不得自主，由此而悲叹诗人个人遭际的不得明主。

王昭君的名字，到了晋代，为避讳司马昭之名，世人改称其为明君，亦称明妃。

所以孟浩然的唐诗《凉州词》里说：

> 浑成紫檀金屑文，作得琵琶声入云。
> 胡地迢迢三万里，那堪马上送明君。

琵琶，令塞外男儿弦惊马嘶，令出塞女儿声断泪残。

和亲匈奴的十八年里，与昭君终生为伴在异域荒烟的，只有来自故乡的琵琶私语。

而唐代李颀的《古从军行》也说：

> 白日登山望烽火，黄昏饮马傍交河。
> 行人刁斗风沙暗，公主琵琶幽怨多。
> 野云万里无城郭，雨雪纷纷连大漠。
> 胡雁哀鸣夜夜飞，胡儿眼泪双双落。
> 闻道玉门犹被遮，应将性命逐轻车。
> 年年战骨埋荒外，空见蒲桃入汉家。

"公主琵琶幽怨多"，公主，就是指和亲公主王昭君。其实她并未受封公主，这只是诗人对她的尊称与遥想罢了。

烽火远望，黄昏饮马，野云沉沉，雨雪纷纷，塞外无春，此生无春，汉家已远，荒骨已多。

来自马上的琵琶声幽、吹尘落雁，是胡曲，亦是汉曲。

琵琶的一重性格，是属于北方风沙的霹雳弦惊，即使在昭君手上，也是哀怨里不减风霜北地之意。

琵琶的另一重性格，是属于江南丝竹的悠扬婉转，是更贴近女儿情的一种委婉动人。

将琴代语，聊写衷肠。琵琶斜倚在女子怀中，总是殷殷切切，等同于女子的诉说。

似乎，琵琶的文化标签，就是专属于女子的。

最著名的女性与琵琶的词作，要数宋代晏几道的《临江仙》：

> 梦后楼台高锁，酒醒帘幕低垂。去年春恨却来时。落花人独立，微雨燕双飞。　记得小蘋初见，两重心字罗衣。琵琶弦上说相思。当时明月在，曾照彩云归。

一个叫小蘋的美丽女子，在与词人初见时分，拨琵琶弦起，明月照亮了天涯，彩云映衬着佳人。琵琶声声，诉说初遇的情绪；罗衣簌簌，深藏律动的情致。

而今又是一年春归，琵琶心声已无处寻，诗人落寞独立，雨雾微凉心境，燕回人不回，春醒梦难醒。

这个叫小蘋的女子，或许是个歌女，是个与诗人萍水相逢的艺人，但是她用琵琶寄诉的款款相思，深深烙印在诗人心里，烙刻成诗人的一位红颜知己。

晏几道还写过一首琵琶女的词《清平乐》：

千花百草。送得春归了。拾蕊人稀红渐少。叶底杏青梅小。　　小琼闲抱琵琶。雪香微透轻纱。正好一枝娇艳，当筵独占韶华。

叫小琼的女子怀抱琵琶，婷婷一站，娉娉袅袅，婀娜娇俏，如那青梅正绿，如那韶华正艳，如那春光正好。

这首词传递出了一种画面美，似乎竖弹的乐器，只要在怀中一抱，本身就是一幅画，所以昭君出塞怀抱琵琶的形象才那么深入人心。而琵琶的器型、大小，在竖抱的弹弦类乐器中又是最美的。

它比柳琴大，所以能迤逦出"犹抱琵琶半遮面"（白居易《琵琶行》）的情思；它比圆形音箱的阮咸俏丽，是优雅的半梨形，所以能映衬出"暖玉琵琶寒月肤"（王穉登《长安春雪曲》）的情态；它在弹奏时右手轮指、左手揉弦，格外细腻深情，所以能律动出"泪润玲珑指，多情满地花"的情致。

闲抱琵琶，似是含羞带怯，本就是一幅画面美；调弦试音，似是欲说还休，本就是几声音乐美。

弹弦类乐器，在演奏前多要调弦，这就是白居易《琵琶行》里所说的"转轴拨弦三两声，未成曲调先有情"。

琵琶音色清凉甜美，几声拨弄，试音二三，已仿若欲诉含情。

歌行体长诗《琵琶行》讲述了一名技艺出众的乐坊琵琶女，在嫁人后郁郁寡欢、情志不得理解的寂寞，这份情绪，正如同白居易仕途不顺、志向不得舒展的苦痛，所以相逢江上、琵琶一奏，诗人产生了与琵琶女"同是天涯沦落人，相逢何必曾相识"的同病相怜之感。

《琵琶行》是描写琵琶的非常重要的一篇诗作，里面对于琵琶的弹奏技法、音色特点叙述得淋漓尽致、翔实而优美。现摘录部分如下：

> 转轴拨弦三两声，未成曲调先有情。
> 弦弦掩抑声声思，似诉平生不得志。
> 低眉信手续续弹，说尽心中无限事。
> 轻拢慢捻抹复挑，初为《霓裳》后《六幺》。
> 大弦嘈嘈如急雨，小弦切切如私语。
> 嘈嘈切切错杂弹，大珠小珠落玉盘。
> 间关莺语花底滑，幽咽泉流冰下难。
> 冰泉冷涩弦凝绝，凝绝不通声渐歇。
> 别有幽愁暗恨生，此时无声胜有声。
> 银瓶乍破水浆迸，铁骑突出刀枪鸣。
> 曲终收拨当心画，四弦一声如裂帛。

"转轴拨弦三两声"是演奏之前的调弦试音，校对音准；"低眉信手续续弹"，是乐曲起奏的平缓部分，平铺直叙；"轻拢慢捻抹复挑"，是弹奏手法里的滑音、揉弦，技法精细；"大弦嘈嘈如急雨，小弦切切如私语"是比喻琵琶四弦中粗弦的有力、细弦的细腻；"嘈嘈切切错杂弹，大珠小珠落玉盘"，那就是高低音的错落、四条弦的配合，似珠落玉盘，似急雨敲窗；"别有幽愁暗恨生，此时无声胜有声"，是演奏中的空拍、气息里的停顿；"银瓶乍破水浆迸，铁骑突出刀枪鸣"，是右手扫弦的气势如虹、四弦齐奏的阵势惊人；"曲终收拨当心画，四弦一声如裂帛"，是曲终收声的右手姿态，并且从诗中可见，琵琶女演奏的这支曲子是以强音收尾的，给人以无限震撼。

来自女性的琵琶声怨、曲尽声幽，是相诉，亦是相思。

在《琵琶行》里，还有很多形容琵琶演奏的精妙句子，比如"今夜闻君琵琶语，如听仙乐耳暂明"，比如"沉吟放拨插弦中，整顿衣裳起敛容"，比如"莫辞更坐弹一曲，为君翻作《琵琶行》。感我此言良久立，却坐促弦弦转急"。而还有极为重要的几句描写，是在诗歌开头传递出的信息：

浔阳江头夜送客，枫叶荻花秋瑟瑟。
主人下马客在船，举酒欲饮无管弦。
醉不成欢惨将别，别时茫茫江浸月。
忽闻水上琵琶声，主人忘归客不发。
寻声暗问弹者谁，琵琶声停欲语迟。
移船相近邀相见，添酒回灯重开宴。
千呼万唤始出来，犹抱琵琶半遮面。

白居易本与朋友在浔阳江头送别，忽然遥遥闻听水上有人弹奏琵琶，曲尽其妙，声动天光，一时众人尽皆忘情，沉醉曲中不知今夕何夕。于是本要离岸的朋友暂不发船，盛情邀请演奏者以曲会友。

　　江清月白，船轻灯暖，众人添酒静候，幸得琵琶一顾。

　　这一段听曲之前的情景描叙，传达出一个重要的信号：听琵琶，在水上最为相宜。琵琶声音明亮清甜，经水面碧波一荡，更显琵琶弹破碧云天，此曲只应天上有。

　　如果说，在北地豪情中，马上琵琶最有风味；那么，在南国柔情里，水上琵琶最具情致。

　　很多诗词便是在记录水上琵琶的美妙，比如苏轼《采桑子》中说："停杯且听琵琶语，细撚轻拢。醉脸春融，斜照江天一抹红。"又如宋代刘敞的《琵琶亭》说："江头明月琵琶亭,一曲悲歌万古情。"

来自水上的琵琶声起、烟缈云落,是春水染情,亦是秋月染心。

琵琶就是这样一件在诗里、在画里、在乐队里、在歌舞里、在南在北、在古在今,都不可或缺、不可忽视的优秀乐器。

它可托举塞北男儿的豪情,"万里故人明月夜,琵琶不作亦沾襟"(张孝祥《琵琶亭》)。

它可寄诉江南女子的柔情,"说与琵琶红袖客,好将新事曲中传"(王恽《柳圈辞》)。

它可驰骋弦惊马上的纵情,"琵琶弦急对秋清,弹作关山久别情"(施朝干《闻琵琶》)。

它可旖旎弦动水乡的诗情,"浔阳江上琵琶月,彭泽门前杨柳风"(张孝祥《琵琶亭》)。

它可春花秋月,写尽心事几箩,"相逢不尽平生事,春思入琵琶"(刘迎《乌夜啼》)。

它可古往今来,曲尽史书几车,"一片相思木,声含古塞秋"(宋无《琵琶》)。

琵琶起落,珠玉玲珑,风花雪月闲抱千年,天涯海内尽在四弦。

# 冷艳寒香腕底生

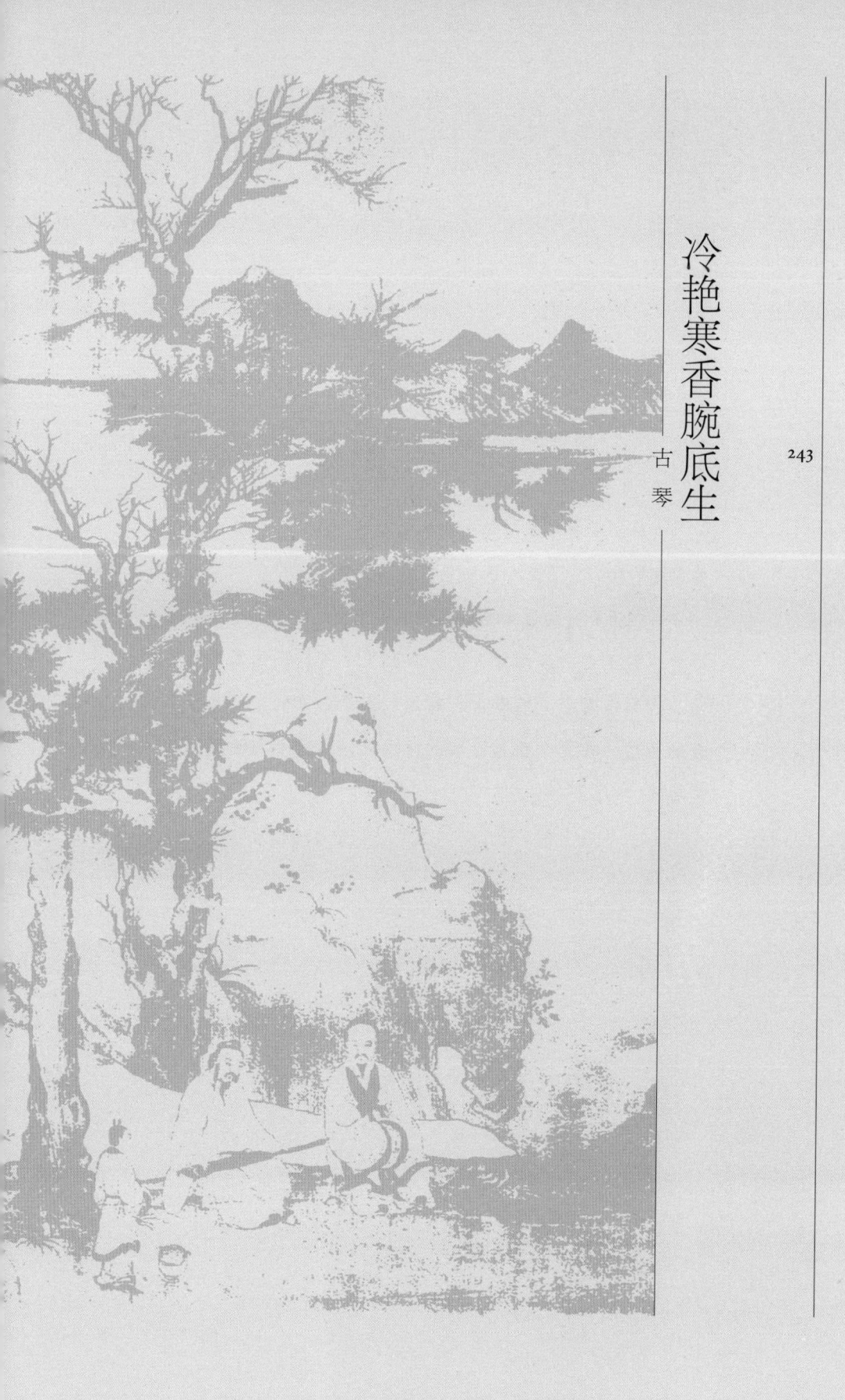

古琴

古琴，具有超越其他乐器的文化厚重感，不仅是中国古典乐器的代表，更是中国文化精神的象征。

琴在历史上的最重要功能体现为乐教。它能和于情、清于性、静于心，能陶冶人的一分雅正之气。于热闹中听安静，古琴携带着它的幽古、高远、安详、深刻以及善于融合的品格，在这个喧嚣浮躁的时代里，体现着它独特的怡情功效。

## 一、琴之乐教

"丝桐合为琴,中有太古声"(《废琴》),白居易诗里描写的这种丝弦与桐木造就的乐器,古韵声幽,器型简约,就是古琴。

古琴,雅称七弦琴,其实它更本真的名字,就叫"琴"。为琴冠上"古"之前缀,是近代以来为了与钢琴、提琴等众多涌入中国的西洋乐器名称相区别。而在中国文化里,中原古乐器大多都是以一字命名,比如琴、瑟、筝、笛、箫、埙等。而像"琵琶"这种两字称谓的,是由西域传入的外来乐器,而后才在中国落地、发展。

琴,作为不折不扣的中国自有古乐代表,在这种乐器身上,承载着非常典型、非常浓厚的中国传统文化理念。所以,古琴才被誉为"琴有九德",才被看作"乐以和情",才被定为文人四艺"琴棋书画"中居首位的一种必要修养。因为,琴超越其他乐器的文化厚重处就在于,它不仅是中国古典乐器的代表,更是中国文化精神的象征。

最为明显的体现是,在所有乐器里,唯有琴,不仅包含对"琴技"的练习,更上升为对"琴道"的研习。而"道"的层面,传递的就是精神气息、价值理念。

那么,琴所承载的文化理念,具体是什么呢?究竟什么才是琴道的精神特质?

琴在历史上的最重要功能,体现为乐教。周公制礼作乐,使华夏民族自周代开始,走入了礼乐文明的时代,走入了礼仪之邦的进程。而这"礼"和"乐",是分为两部分的。

"礼"是秩序的规范、等级的限定，是对外部行为的规定；"乐"是性情的调养、情感的弥合，是对内心世界的安顿。如果只有礼教而没有乐教，社会会在彬彬有礼的表层下，由于等级秩序愈发严明而彼此情绪逐渐对立；乐教就是配合着礼教的硬性规定，能春风化雨地调和内心冲突、缓解对立矛盾，用音乐的教化养性和情，也就是："礼以节人"而"乐以和情"。行为有礼、内心安和、内外兼修，才是礼乐齐备的教养。

《乐记·乐化篇》中说：

> 乐在宗庙之中，君臣上下同听之，则莫不和敬。在族长乡里之中，长幼同听之，则莫不和顺。在闺门之内，父子兄弟同听之，则莫不和亲。

可见，中正平和、庄严醇厚的雅乐，无论进入宗庙，还是迈入乡里，或是走入家庭，它所要达成的效果，都是令各人和睦相处、令各阶级和平相安，以礼乐来和合天下。

"礼"为秩序，"乐"为和谐；"礼"是社会制度的建立，"乐"是社会制度的维护。加礼以节人，"礼"是对外正言行；雅乐以和情，"乐"是对内调心性。礼乐文明，就是塑造社会秩序俨然而个人身心雅正的文明。

这就是《乐记·乐论篇》中说的：

> 乐者，天地之和也；礼者，天地之序也。和，故百物皆化；序，故群

物皆别。

所以，乐教的重要在于：
针对个人，乐是性情的陶冶，培养着心态阳光、培育着心性健康。
针对家国，乐是社会的调和，安顿着情绪焦躁、弥合着对立冲突。
乐教，微观而论，影响着个人心性修养；宏观而论，关系到国家礼乐文明。
而乐教里的重要乐器，就是古琴；乐教里的重要音乐，就是琴音。
要论琴能乐教的最重要精神意旨，就要分析琴不同于他物的文化气质。

## 二、琴之和

首先，琴传达的是"和"的品质。

音乐的最高追求是能和于天地之间，那么与天地自然相和的音乐，自然也能熏染人与乐声的相和。正如前文所说，乐教的目的是为了"乐以和情"，和养人们的心性。

"乐者，天地之和也"，在琴曲中最体现"和"之精神的，是一首《平沙落雁》。《古音正宗》中对此曲的解说是："极云霄之缥缈，序雁行以和鸣，倏隐倏显，若往若来。"

《平沙落雁》此曲，写天地之物，绘自然之情，舒人心之畅，融人景于一。

曲目开篇，极轻的几串泛音缓缓奏响，书写芦苇轻拂、沙远天高的水淡云清；而后顺滑的按音袅袅渐响，似有水漾云动，生机偶现；其后翩跹的旋律婷婷荡漾起，如水流荡漾而来，一波一波冉冉拉开天与地的画屏，展开一幅秋光散淡的闲远。画面中群雁上下往来，盘旋起落，有忽远而清鸣，有忽近而翩落，将天与地的界限涂抹得模糊浑成，恍若天地随雁群飘来荡去，雁群与天地淡成一色。

而记录这一切的人，在这自然之中独立观景，又与自然融为一体。这首琴曲，表达出中国人最高的道德追求——天人合一。

《礼记·乐记》中称"大乐与天地同和"，《平沙落雁》正是这样一种大乐。它用万物同乐的陶然而醉，徐徐淡淡地诉说着：是人书写了雁落平沙的生趣，是人歌颂了天地共融的恬淡，是人介入其中才把这幅不出奇的单调景色，调画成为经典和永恒。

但是，作为万物灵长的人却又把自己隐去了，隐于沙间水畔，隐于天高地阔。人将自然界的美隆重地推出，又让自己无限地退后，隐到一个如沙粒一般不起眼的位置上，乐在其中，并不打扰大自然的歌舞。

《平沙落雁》体现出的，是人与自然最和谐的相处，是天人合一的最佳德行。

弹奏这样的音乐，自然感觉惠风和畅，自然而然养性和情。如同白居易另一首听琴诗《听弹古〈渌水〉》所云：

闻君古《渌水》，使我心和平。

欲识慢流意，为听疏泛声。

西窗竹阴下，竟日有余清。

琴如流水，淌过心田，心绪平和，疏影西窗。

古琴在构造上，也充分体现着天人合一的价值观念。

古琴由琴面和底板两块木头合成，琴面拱圆，是为"天圆"，底板平坦，是为"地方"，天圆地方，阴阳相合。琴长约三尺六寸五，象征一年三百六十五天；琴宽六寸，象征"六合"（东、西、南、北、上、下），容纳宇宙天地洪荒；琴面上十三点琴徽，代表一年十二个月及一个闰月。

古琴的七根弦中，最初成型的五根弦是五行的象征，分属金、木、水、火、土，从音乐属性讲又是五音，宫、商、角、徵、羽，同时还表示了君、臣、民、事、物五个等级；而第六根弦、第七根弦相传为周文王和周武王后来所加，是文、武之声，也是君臣合恩的化身；七弦悬于琴上，亦是北斗七星挂在高空的象征；琴头上部称为"额"，额之下，一条架弦的硬木称为"岳山"，它在整个琴面中位置最高，确似山之高岭。

根据《易经》，山泽必相对，在古琴的构造上也充分印证着古人的这种宇宙观，"泽"即是琴轸部位的"轸池"，也是琴底部的两个音槽，也就是两个发声孔。其中位于底板中部、较大的一个称为"龙池"，尾部较小的一个称为"凤沼"。山泽相应，龙凤相对，这便是万象天地。

如此看来，小小一具琴身上，有天、有地、有年、有月、有山、有水、有龙、有凤、有君、有臣、有文、有武、有时间、有空间。天地之道，万物之和，便是古琴的化身，亦是古琴的精神。

更具深意的是，古琴琴型中最有代表性的"仲尼式"，以孔子的字来命名，这种琴型正是一个人直身而立的样式。因此可以说，整架古琴，就是一个人；而整个世界，又都融合在人身里。琴所表达的融合精神，是中国人最理想的道德境界。

琴和于人，乐和于天地。古琴，从构造上，到乐曲上，再到乐器属性上，都在体现"和"的精神。

下面就再谈谈古琴的音色，又和于何种乐器。

中国有个词叫"琴瑟相合"，是在用乐器的合奏来形容夫妻之间的和谐美满。可见，琴与瑟，向来就是绝好的搭配。瑟有二十五弦，与琴相比，显得体形较大而音色嘹亮。其实瑟的声音相对于其他乐器来讲，很是深沉馥郁、含蓄润美。钱起的诗说"二十五弦弹夜月，不胜清怨却归来"（《归雁》），瑟的沉缓，竟能将南飞的大雁感动唤回，可见其力。所以瑟在与音色较为单薄的古琴合奏时，并不抢夺琴的风华，而是能

〔清〕包栋《凉秋鼓瑟》（局部）

玉润珠圆，铿锵和鸣。琴瑟相合，感情深沉而华丽。

《诗经》开篇《关雎》便讲："窈窕淑女，琴瑟友之。"琴瑟相调的美感，是君子与佳人岁月俱好的时光。而《诗经》另一首《女曰鸡鸣》形容甜蜜美满的夫妻生活，便说："琴瑟在御，莫不静好。"

筝与瑟构造相像，而且古筝在今日流传广泛。筝有二十一弦，因为声音亮丽悦耳，所以常作演出之用，甚为常见。筝和瑟体形相近，都是琴面宽大，琴体厚实，音域宽广，音色亮丽。它们与古琴相合时，筝与瑟如广阔的水域，托起一叶窄窄的琴，载着琴鸣。水花跳荡，是音色翻飞；水波流淌，是乐声翩舞。同时，它们又如一片宽阔辽远的云朵，捧着明月一轮，琴声如月辉，清丽皎洁，轻盈冷艳，而筝与瑟宛如彩云，华丽铺开，云朵翩跹。古人说，"月宜琴声……春宜筝声"（《小窗幽记》），由此可知琴之清冷，筝瑟之华彩。筝瑟合于琴，像绿水泛舟，像彩云追月，彼此相得益彰。

在著名武侠小说《笑傲江湖》中，金庸先生为令狐冲与任盈盈设计的二人仙境，便是于山间峡谷进行一曲琴箫合奏。而琴与箫的合奏，几乎可称为是最佳和鸣。竹箫一响，袅袅娜娜，飘飘荡荡，悠悠渺渺缠上古琴的音线，时强时弱，半明半晦，恰似绕指柔情嫣然绕梁，又可如风声低吼怒海暗涌。总之，它能依附于琴、衬托于琴，又可超拔于琴、润泽于琴，二者浑然天成，欲仙欲飞，气质相近，有如同出。

风烟一楼箫，夜白凌露开，流光湿打过，三世旧尘埃。琴箫和鸣，有虚与实的相映，有软与硬的互衬。琴箫一出，宛如天成。

除此以外，民族乐器中可与古琴合奏且能取得佳效的不在少数，笙、笛、阮、箜篌、琵琶、手鼓等都可作为琴的良伴。可见，古琴绝非一味地曲高和寡、冷硬僻涩。《小窗幽记》中说："名琴为和友。"古人诚不我欺也。

更有甚者，古琴与西洋乐器也可进行新颖而和谐的奏鸣。比如，用木吉他为琴曲《欸乃》伴奏，节奏分明，动感十足，意趣盎然的心情油然而生；用乐器之王钢琴为古琴曲《梅花三弄》伴奏，清新灵动，仿若天籁，似有暗香浮动梅花盛开。2006年，中国与奥地利联合发行《古琴与钢琴》特种邮票一套，可见这二者分别作为中西乐器里的王者，相互间亦有渊源可叙。

古琴作为一种独具个性的、人类最为古老的乐器之一，与其他乐器的和声，发生得自然而然。

在此，再用一首白居易的诗《清夜琴兴》来形容古琴的和情之品：

月出鸟栖尽，寂然坐空林。
是时心境闲，可以弹素琴。
清泠由木性，恬淡随人心。
心积和平气，木应正始音。
响余群动息，曲罢秋夜深。
正声感元化，天地清沉沉。

琴曲恬淡，心头和气，月出闲远，林深寂寂。

乐者，天地之和也。

琴者，乐中至和也。

其次，琴传递的是"清"的品位。

有些乐器，会因为华丽而显得艳俗，会因为嘹亮而显得俚俗，会因为柔腻而显得媚俗。

古琴，却会因为泠然古韵而更显清幽，如唐代刘长卿《弹琴》中说：

**泠泠七弦上，静听松风寒。**
**古调虽自爱，今人多不弹。**

七弦清韵，泠泠古声，这既是拒绝了浮华，也是选择了知音。

古琴，也会因为素琴一张而更显清雅，如唐代刘禹锡《陋室铭》中说：

谈笑有鸿儒，往来无白丁。可以调素琴，阅金经。无丝竹之乱耳，无案牍之劳形。

有识之士，优选的是素琴，清雅到极致，考究到极致。

古琴，还会因为君子爱重而更显清高。如晋代阮籍《咏怀》诗里说：

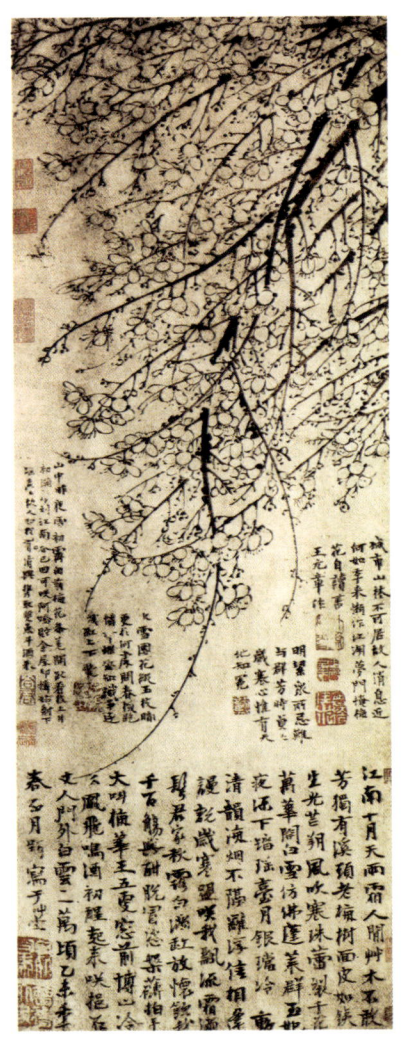

**夜中不能寐，起坐弹鸣琴。**
**薄帷鉴明月，清风吹我襟。**

当夜不能寐、独思徘徊的时候，高士只唤醒古琴对话，只唤起琴声为诉。

而最能凸显"清"之格调的琴曲，要数一首《梅花三弄》。

《梅花三弄》是古琴十大名曲之一，描写了寒梅在风雪中独开不败的风骨，搏击风霜、傲雪凌寒。此由源自东晋时期桓伊将军吹奏的一首笛曲，笛吹梅心，寒玉冰心；后来这首笛曲改编为了古琴曲，琴声泠泠，腕底生香。

所谓"三弄"，是指曲中同样的一段旋律，在不同的徽位上分别演奏了三遍，由于音高不同，这"三弄"的音色、气韵、描写场景、思想情感也都不尽相同。在《梅花三弄》中，一弄比一弄的弹奏更为激烈，似是一阵比一阵更强的风雪来袭，似是一次比一次更清奇刚毅的寒梅吐韵。

〔明〕王冕《墨梅图》

而这"三弄"的旋律，被当作中央人民广播电台"中国之声"的开篇音乐使用。梅花绽开时的悄语，转化为电台的开篇问候，由广播媒体撒给大地一片梅香。

其实在古琴曲《梅花三弄》的描写中，无论是梅香，还是梅影，无论是梅树风姿，还是梅花翻飞，无论是梅开一树，还是梅园一片，甚至是那与梅共舞的风雪之夜，全都激荡着一种共同的气韵，就是"只留清气满乾坤"（王冕《墨梅》）。清，用这一个字就可以提炼《梅花三弄》整曲。

梅的品性就是清奇，所以选择凌寒成长；梅的品性就是清贵，所以不与群芳斗艳；梅的品性就是清雅，所以不屑花团锦簇；梅的品性就是清灵，所以如空谷幽兰。孤独又充满灵性、矜持又引人向往，这就是长期以来梅展现给世间的性情，这就是中国人给梅贴上的文化标签。

有了这样的品性印象，梅吸引的便都是与它气场相投的知音：

比如，梅与清丽明月的交相辉映，人们说那是"梅影瘦，月朦胧，人在广寒宫"（佚名《春夏秋四季》）。

比如，梅与清淡水墨的气韵一致，人们说那是"吾家洗砚池头树，朵朵花开淡墨痕"（王冕《墨梅》）。

比如，梅与清灵碧水的相互衬托，人们那是"疏影横斜水清浅，暗香浮动月黄昏"（林逋《山园小梅》）。

比如，梅与清洁冰雪的魂魄相依，人们说那是"狂飙过尽绝胜处，凌寒飘香九千里"……

人们于是创作了这一曲《梅花三弄》，所弹的就是一份清朗。

清，是梅花的文化意义和人格范式。如王冕《墨梅》诗中称："不要人夸好颜色，只留清气满乾坤！"

不肯媚俗，不肯变节，梅花这份清正倔强，从雪雨风霜的包围中清越而出，使寒梅一下子就恒定为君子之德的榜样。

梅花，含清气而来，乘清风而去，清正其外，清白其内，它能如毛泽东《卜算子》词所说，在"已是悬崖百丈冰"时，"犹有花枝俏"，能"待到山花烂漫时"，"她在丛中笑"。梅花笑得那么从容自得，是因为她从来到去、从开到落，都清心正骨。

所以，潇洒弹一曲《梅花三弄》，清正心骨，清白心台。

而对于做人来讲，品性为清者，不惧外界是否浑浊污染，他走过的地方，必留下浩然清气。就像梅，不论高挂枝头还是坠入泥尘，都惠赠给世间清香，这就是宋代陆游《卜算子》词"零落成泥碾作尘，只有香如故"。清者自清，无论身前身后。

所以，从容奏一曲《梅花三弄》，清雅心间，清澈世间。

清的品位，更是一种对美的领悟力、对文化的认知度。而梅之清，就是一种典型中国文人化的品位，是一种内敛而不张扬的、纯净而不媚俗的、返璞归真而不希图热闹的、超凡脱俗而不人云亦云的审美价值取向。

中国式知识分子，爱的不是富贵牡丹，是清雅白莲，是清瘦菊花，是清玉寒梅；爱的是那清茶一杯的品味，爱的是那清风一缕的感受，爱的是那清弹一曲的鉴赏。清，因为纯粹到极致，所以要求物的绝对完美，要求人的精深懂得。清，成就的是某样物与某个人之间如同知音一般的邂逅和对话。

梅花清丽，幽然静放，香不可与桂花比浓，朵不可与牡丹比艳，但风骨堪与松竹交友，内劲堪与风雪对话，它选择在岁寒出动，这就是它的品位倾向，爱清歌，不爱甜曲。

品位为清者，懂得阅历四季之后，舍春之嫣红、夏之浓翠、秋之灿金，留冬之净白如玉。清清我心，君子之品。

所以，幽然闻一曲《梅花三弄》，清灵心性，清纯品性。

明代的《伯牙心法》中是这样精准地形容琴曲《梅花三弄》，说：

**梅，为花之最清，琴，为声之最清，以最清之声写最清之物，宜其有凌霜音韵也。**

琴声清越，泠然不腻，花开清奇，淡然不争。一曲《梅花三弄》，是琴对梅花的赞许，也是梅对古琴的答话；是梅花借用七弦讲着一首自述长诗，更是古琴借用此曲书写一部自我传记，而名字，就叫"清气满乾坤"。

唐代常建体会到的清清琴韵，这样记录在诗篇《江上琴兴》里：

江上调玉琴，一弦清一心。
泠泠七弦遍，万木澄幽阴。
能使江月白，又令江水深。
始知梧桐枝，可以徽黄金。

江心清水，云心清风，弦可清心，琴可洗心。

再次，琴传送的是"静"的品格。

古琴既然是乐器，必然是要以声夺人的。但是从美学角度讲，古琴，抛开乐器的性质不谈，也是一件静物，赏心悦目。

静物，不声不响陈于某处，便具有强大的观赏性。古琴的琴体一般由杉木或桐木制成，七根弦用钢丝或蚕丝制成，琴身有一米余长、一掌余宽，周身涂漆，通体沉郁。深色的面板托起那银亮的琴弦，如同一叶小舟漂浮在江流，泽泛莹润，古意盎然。古琴便是静静摆在那里，也好似有着无数的神秘和古意藏于琴体之内，若是望上几眼，也要将人吸了进去。

比如白居易在不记录听琴感受，而叙述对琴经历时，《对琴待月》诗里就这样说过：

竹院新晴夜，松窗未卧时。
共琴为老伴，与月有秋期。
玉轸临风久，金波出雾迟。
幽音待清景，唯是我心知。

一床古琴，一窗明月，静了秋夜，懂了心事。

古琴就拥有这样一种沉静的力量。即使是奏起声来，那琴声也并不是促人激动的，而是幽幽沉沉、悠悠润润，能让心神凝注，能让时空凝固。

这也体现了乐器客观上的不同特性。比如，同是弹弦类古乐器，古琴与古筝相比，琴的音量小，只宜斗室之内三五好友雅集；筝音量大，可供热闹集会百十之众远闻。筝音色丰富，倍显动听悦耳；琴音色单薄，更宜细听浅唱。

所以王维《酬张少府》诗中说他隐居好静的时候，唯有古琴相陪左右：

> 晚年唯好静，万事不关心。
> 自顾无长策，空知返旧林。
> 松风吹解带，山月照弹琴。
> 君问穷通理，渔歌入浦深。

琴虽以声夺人，却非以声媚人。

也由于这份心静的意境，所以古琴和寡，所以古琴势微，所以古琴为人所少见……自五四运动之后，西洋乐器大量涌入国内，古琴逐渐偏离主流，湮于悄然。然而百年来，古琴虽仅是不急不躁沉静地置于声色背后，却从未由此中断。似乎琴本身，就悄然携有一份海阔天空的气度。淡泊反而明志，宁静得以致远。

这种特质，与它内敛而沉稳的器型也是同脉同息的。美以赏心，静以洗心。

这份静，不是刻意为之的造作，不是压低声音的屏持，也不是放缓节奏的疲软，而是静水流深，是古琴与生俱来的一种气质。

诗说中国　　乐舞卷

〔元〕赵孟頫　《松荫会琴图》

琴意的和润、清幽，造就了它静水流深的独特气韵。

就好像王维《竹里馆》诗里的静谧幽雅，有禅意、有深意、有古意：

独坐幽篁里，弹琴复长啸。

深林人不知，明月来相照。

琴韵的以静制动，就像一个内心真正沉稳的人，无论嬉笑怒骂，一举一动都会张弛有度，有礼有节。从心所欲，而不逾矩。

琴声起伏，而不躁动。

琴音起落，似静影沉璧、月影沉入水底。玉一样流转光鲜的良夜，从不像日头那样高高宣扬，只是安宁地流光溢彩。

琴声开阔，如兰在空谷，若无人欣赏，就独自芬芳。兰的盛开郁郁葱葱，却从不招摇。兰以绝对的静默，演绎了绝对的丰泽。

白居易有《听幽兰》诗：

琴中古曲是幽兰，为我殷勤更弄看。

欲得身心俱静好，自弹不及听人弹。

琴静如兰，不图娱人，琴静如夜，不求热络。它也要求琴人熏染内心的宁静超然，绽放自我的丰盛。

有的观点说,与"娱人"的器物相比,古琴这件乐器是更适于"悦己"的。

能享受悦己的过程,是因为爱琴的人懂得琴,懂到不需硬要拉上掌声的陪伴。当他奏曲,已是完成了内心的盛典,不必恳求听众的参与和肯定。琴,于他们,是能够对话的朋友,不是用来炫耀本领的工具。旁人无须评论七弦太冷还是韵调太薄,无须苛责技巧太少还是音量太弱,因为它本就不是一件要刻意取悦的乐器。

如静夜开在春山的百合不在意有谁观赏。一花一世界,丰盛的意境已是完成在指端掌下、心间物外,何惶他人评说!

弹一张琴,有时候不需要听众的回应,甚至不需要听众的在场,有人无人,都用真诚与琴对话。

在喧闹里,奏琴者依然那么孤独,因为他与琴完成于指尖的默契交流不会有他人能够体会。

在寂静里,奏琴者却依然是狂欢的,因为他与琴完成于心神的华丽对答让生命丰满如斯。荡气回肠处可如夜静更深,声微细静时亦如百花齐馨。

闹中取静,静中有景,我行我素,以静制动。这是一种自信满满的低调,也是一种默不作声的高调。

但是琴并非个性冷僻,它又可以平易温和地贴近每一个人。无论技艺高低,但凡抚琴,与弹奏其他乐器相比,都更容易获得一份平静而幽古的美好。

那一刻,心灵澄澈而霎然通透,不再需要计较掌声的多少。因为琴者已经感受到了旁观者所无法体会的琴的语言。这种力量,上手即知,那应当是属于琴的，一份古老而神秘的气韵。

真水无香，大美无言。最美的东西，自身往往不会张扬，从不需要过分张扬。

古琴的曲风格调，往往不推崇急和重，而重在情和味。这恰恰是古琴的味道所在。它在弹拨之间可以从容间歇，宛若是留待手指的呼吸、心情的释放。而在这瞬息的无声之际，正是弦外之音升起的片刻，用短暂的静默给听者一个空间、一个余地、一个不确定性，让人的心扉开启，在独属于自己的精神花园里，勾画翩翩的景象，释放款款的律动。一首琴曲，往往是一份灵魂的洗礼体验。

就像绘画布景中的留白，用大片的空白成就了画笔之外的广阔空间；就像书法笔迹中的断缺，用时断时连的笔触构成了内在的气脉流动。

而在琴曲里，并不紧锣密鼓声声不绝的调子，用余味深长的停音歇音，悄悄叩开心门，直入内怀。

古琴在众多的艺术形式中，属偏于宁静的形式。琴的气场，更倾向于静中呈现出的美感。

白居易诗《船夜援琴》里亦有过静夜生香、仿若花开的体验：

鸟栖鱼不动，月照夜江深。
身外都无事，舟中只有琴。
七弦为益友，两耳是知音。
心静即声淡，其间无古今。

于热闹中听安静，古琴凭借着它的幽古、高远、安详、深刻，以及善于融合的品格，在这个喧嚣浮躁的时代里，体现着它独特的怡情功效。

能和于情、能清于性、能静于心，古琴冶炼人的一份雅正之气。所以古人才会有"君子之座，必左琴而右书"和"君子无故，不撤琴瑟"等种种说法。

琴给人的是修养，是品位，是在培养人的一颗"琴心"。对于大多数人来讲，能怀有"琴心"，能领悟"琴意"，是比精湛的琴技，比深奥的琴学，更为有用的乐教。

那么，琴心是怎样的世界？琴意要如何去开启？

古人至少已经给了我们一点提醒：仅就技巧而言，它并不是叩开琴意大门的名片。

苏东坡曾诙谐地表达：

若言琴上有琴声，放在匣中何不鸣？
若言声在指头上，何不于君指上听？

《琴诗》

可见，琴意不在人手，甚至也不在琴鸣。那么，在哪里呢？

倒是陶渊明用一张"无弦琴"道破了真谛，他说："但识琴中趣，何劳弦上声？"（《晋书》）

陶渊明的诗里指出，琴翁之意可以不在弦，而关键在于能够识得"琴中趣"。而琴趣，其实也就是情趣。

情趣反映的，是文化修养的优劣，是品位境界的雅俗，是艺术领悟的高低。

琴趣几何，能芬芳心台；反之，心境几何，将左右琴趣。

琴趣，这才是生长在古琴幽香的花园中最本源的那朵花。

有些人习琴多年，可能曲中还是缺乏灵性与意境，就是与"琴趣"这朵花终年不遇，就是与"琴心"的意境相去甚远。

弹琴的最高意境，当是明代著名琴论著作《溪山琴况》里面说的：

> 澄然秋潭，皎然寒月，溰然山涛，幽然谷应，始知弦上有此一种情况，真令人心骨俱冷，体气欲仙矣。

内心澄澈，琴心清和，奏响的不再是尘俗之音，而有月朗风清、海远天淡、潭深谷静、荡气挥毫之浩然。

心和琴远，天高地阔。

古琴在过去，被看作是极雅的艺术，在声乐齐轩的庄严庙堂上领衔而鸣，在文人四艺的排行中稳居榜首，在历史传说的动人篇章里频频现身。

弹奏古琴在今天，应被当作一种与生命气韵相连的生活方式。怡情养性调理身心，提升修养优化人生，平等对话左右相伴，是朋侣，是益友，是良伴。

古琴，是凡人的雅器，或者，是雅人的凡器。

《长物志》里说：

**琴为古乐，虽不能操，亦须壁悬一床。**

这样看来，不奏琴而只赏琴，也是一种爱琴方式，这种方式虽减弱了古琴的音乐功能，却强化了琴的美学价值。同时，这也给我们当今的时代以启示：今人亦可效仿《长物志》的情趣，不必人人都要操琴习练才算修养，只要是美的享受和表达，不拘是以琴做装饰，还是做乐器，不论是以琴怀旧调，还是赋新声——只要能怡情养性，即是琴心的获取和琴意的探寻。

最后，以李白《听蜀僧浚弹琴》中书写的琴心超然来作结：

蜀僧抱绿绮，西下峨眉峰。
为我一挥手，如听万壑松。
客心洗流水，余响入霜钟。
不觉碧山暮，秋云暗几重。

韵和音谐，琴心雅正，清清远远太古声，冷艳寒香腕底生。

来听纱窗侧阮声

阮

阮古称阮咸，从创制到如今已有两千多年的历史。阮这种乐器同时具备浑厚而甜美、苍劲而嘹亮的韵味。可动可静的中和性是其最出色的音乐属性，可以说，阮就是中国文化在音乐层面的一个形象化的展现。

比起琴的清冷，它更和润；比起筝的柔婉，它更清爽；比起柳琴的高调，它更温雅；比起琵琶的亮脆，它更浓厚。

阮，有太古遗风，有承平旧韵，怀抱如满月，弦弹伴鹤舞，是竹林遗响的高格调，是琅嬛环佩的玉温然。听一曲阮声窗下，洗一泉盈润心花。

一曲《丝路驼铃》的异域风情，苍远跃动，似裹挟着西域的尘沙习习，大漠上有骆驼商队正蜿蜒走来，驼铃声声，黄沙漫漫，卷起时间的尘埃，袭来关塞的沧桑。

古丝绸之路未绝，丝路乐声奏响历史的长河。

这就是阮，一种同时具备浑厚而甜美、苍劲而嘹亮的乐器。它能演绎异域的曲目，也能驾驭中华的古乐，能完成独奏的昂扬，也能配合和鸣的衬托，这是最像中华文明性格的一种古乐器，它身上具有一种"中和式文明"的特征。

**天籁之音出竹山，阮咸无端三四弦。**
**常叹琵琶无君问，只缘前代有七贤。**

阮，大约是在汉武帝时期创制而成的，到如今已有两千多年的历史。当时的阮，被称作琵琶、秦琵琶、月琴等，后来因为竹林七贤之中的阮咸精通音律，擅长演奏此乐器，所以到唐武则天时期，这件乐器就被专门称作阮咸，后来简称阮。

竹林七贤，是魏晋时期"常集于竹林之下，肆意酣畅"（刘义庆《世说新语》）的七位雅士，他们因不满朝政黑暗，不喜社会虚伪，便自成一态，往往行事出人意表、超越礼教束缚。但是他们都具备极高的文化修养，在哲学、美学、文学方面的成就深深影响了中国文化，所以，竹林七贤虽在当时惊世骇俗，却也为人所礼敬崇拜。其中，最为著名的是阮籍和嵇康，他们同时也是著名的音乐家，并且留下了有关古琴的诗篇传说。而阮咸，是阮籍的侄子，同样

(南宋)佚名《竹林拨阮图》

是心性放达而不慕权贵、任情真性而崇尚自然的一位高人。

所以阮咸以及竹林七贤,传递的是一种不流于俗的人格魅力。

阮古称阮咸,外观特点是圆形音箱、直柄四弦,也有三弦的,所以上面这首诗里说"阮咸无端三四弦",这样的诗句就如同李商隐《无题》诗里的"锦瑟无端五十弦"一样，是一种对乐器的外貌描绘和情感寄托。

诗里寄托给阮的情感，是对它格调的肯定。由于阮的存在，琵琶都要无人问津了，因此诗说"常叹琵琶无君问"，接下来此诗给出的答案说是因为竹林七贤的品格标榜在前，使阮让人充满向往和偏爱。这样的以情寄物，更偏向的是一种人格风骨般的价值论断，暗示着竹林七贤的高洁出尘，使阮咸擅弹的乐器要高贵过风月惯用的琵琶，"无君问"，是强调没有高雅君子会去歆慕缺乏文人风骨的琵琶。

不谈德行标签，从乐器特性上去分析，阮与琵琶确实有着不同的风味。这种乐器性格的差异，每人各有所爱，音色各自需要，难论高低贵贱，只不过阮更贴近文人情怀，而琵琶更具珠玉质感。

如宋代张镃的《鹧鸪天·咏阮》就说：

**不似琵琶不似琴，四弦陶写晋人心。指尖历历泉鸣涧，腹上锵锵玉振金。**
**天外曲，月边音。为君转轴拟秋砧。又成雅集相依坐，清致高标记竹林。**

"不似琵琶"，琵琶音高，亮丽清脆，而阮的音相对要低，尤其是大阮，在乐队里堪比大提琴，更为贴近人声；"不似琴"，古琴音色偏冷，清丽幽静，而阮的音色甜美，圆润丰厚。比起琵琶，阮更和缓，不那么高亢冲天；比起琴，阮更温暖，不那么泠然古韵。

所以阮更具有中和性，它能铿锵而伴舞，能和弦而起歌，能铺陈而合奏，能富丽而独鸣。有时候，它的丰富和有力，像是西洋乐器中的钢琴，可以为整个乐队华丽铺底。有时候，阮就像是中国乐器里的吉他，尤其是中阮——背起一件乐器，能融春花秋月。

"指尖历历泉鸣涧"，四弦十二柱的结构，让阮的演奏完全可以细腻而流畅；"腹上锵锵玉振金"，圆形音箱的共鸣，让阮的音量和音色可以明亮而丰富。

"天外曲，月边音。为君转轴拟秋砧。"阮的琴头上有四个弦轴，弹奏或者变调之前，要转轴调弦、校对音准，"为君转轴"，便是一曲将启。那曲如"天外曲"，那音似"月边音"，天外不沾尘，月边不染俗，这都是在形容阮声一起的高妙绝伦。

高在哪里？"清致高标记竹林"，看，还是"雅集"，还是"竹林"，还是竹林七贤的清高出世令后人心慕向往，令乐器谱入精魂。可以说，确是魏晋乱世中的一群豪迈高士，成就了阮的名声在外。

阮的这种文人化的雅士名声，在中原；而西域式的边塞风情，在马上。阮在演奏时无需琴桌、琴架，可斜抱在怀、悠然起乐，所以这种乐器可在马背上奏响；再加上它铿锵有力、富于节奏感的音乐表现力，适合马上高歌，适合闻声起舞，适合在辽阔的边关豪迈而奏、在踏尘的马行中惊弦而去。

正如本文开头描述的阮乐名曲《丝路驼铃》，跌落一地的乐声铿鸣，曾在古丝绸之路的图卷上逶迤铺陈。

乐舞蹁跹　来听纱窗侧阮声

〔清〕刘彦冲《听阮图》

因此，宋代赵彦端《减字木兰花·赠摘阮者》就这样说：

> 四弦续续，山水依然关塞足。天上新声，谪堕人间自得名。　清歌宛转，弹向指间依旧见。满眼春风，不觉黄梅细雨中。

四弦吹落关塞情，千年胡尘马上听，这就是"四弦续续，山水依然关塞足"。

然而词里的最后一句也值得注意："满眼春风，不觉黄梅细雨中"——这样的描述，分明是从大漠烟尘的塞外来到了细雨春风的江南。到底阮是和润耳语的恬静，还是嘹亮雄歌的豪情？

　　这般可动可静的中和性，就是阮最出色的特征。比起琴的清冷，它更和润；比起筝的柔婉，它更清爽；比起柳琴的高调，它更温雅；比起琵琶的亮脆，它更浓厚。

　　所以，在阮的倾诉里，有春风拂过心间的舒适，有清歌荡过耳畔的悠然，有山水流淌眼前的丰泽，有指尖划过发梢的动情。

　　阮，在更多时候，是一种独自就能绚烂丰富、四弦就有秋水春山的优秀乐器。

　　所以唐代白居易《和令狐仆射小饮听阮咸》一诗中描绘的听阮的感受是：

　　　　掩抑复凄清，非琴不是筝。
　　　　还弹乐府曲，别占阮家名。
　　　　古调何人识，初闻满座惊。
　　　　落盘珠历历，摇佩玉玎玎。
　　　　似劝杯中物，如含林下情。
　　　　时移音律改，岂是昔时声。

白居易是大文学家，更是大音乐家，他写有听古琴诗，写有听琵琶诗，而这首听阮咸诗，他细细地分辨着"非琴不是筝"，却"初闻满座惊"，丰厚浓郁的阮声，弦拨一弄便收敛住四座心神。

"落盘珠历历，摇珮玉琤琤"——注意到了吗？与他形容琵琶的诗句"嘈嘈切切错杂弹，大珠小珠落玉盘"是不同的。同样是作为四弦弹拨乐器，琵琶的珠玉之声是更清脆尖锐而略显吵闹的，而阮的金声玉振是柔润厚重而更显低沉中和的。

"似劝杯中物，如含林下情"，这是说阮声如人声，弦语如耳语，冷硬的四弦却好像在与人心对话，隔空的器物却好像能和风含情。

但凡偏于人声的乐器，都往往更令人感觉舒服、感觉走心，因为它的频率与人耳不冲突，它的韵味与人情不矛盾。

所以阮声一作，也能打动四大皆空的出家人。唐代诗僧皎然就作诗《康造录事宅送太祝侄之虔吉访兄弟》说：

**阮咸别曲四座愁，赖是春风不是秋。**
**漫漫江行访兄弟，猿声几夜宿芦洲。**

阮的音色甜美醇厚，像春风绿九州而非秋风扫落叶，但是春愁也一样令人销魂，比如，蒋捷的词"一片春愁待酒浇"（《一剪梅·舟过吴江》）和贺铸的词"试问闲愁都几许"（《青玉案》），都是在讲伤春的情愫。那样和煦的

诗说中国　乐舞卷

276

［五代］阮郜《阆苑女仙图》

春光拂面，仿若阮的声音和缓缭绕，但是午后阳光也能撩拨情愁，缓流江涌也能跌宕人心。

从演奏技巧和大众普及方面来讲，阮是相对好学的乐器，它不如琵琶的技巧多，不如二胡的难度高，既然十几岁的小伙子拨弄吉他弹唱曲目都很容易入门，那么作为与吉他有着相似性的阮，不管是独奏还是伴奏都相宜的阮，上手也是不难的。普通音乐爱好者，信手弹弦，也是一种感情的对话和闲情的享受。

就像宋代陆游《初夏游凌氏小园》：

水满池塘叶满枝，曲廊危榭惬幽期。
风和海燕分泥处，日永吴蚕上簇时。
闲理阮咸寻旧谱，细倾白堕赋新诗。
从来夏浅胜春日，儿女纷纷岂得知。

"闲理阮咸寻旧谱"，闲来无事，寻出阮咸，翻开旧谱，叮咚一夏，这样的雅兴，是一种人生的修养，是一种生活的情趣，是一种远古的对答，是一种情思的梳理。就好像读诗、学诗，不是为了做诗人，而是为了培养一颗诗心；而手指漫过弦间的游走，不是为了成名、成家，而是为了成就更好的生命品质。

所以，能弹拨两曲、对话音律自然是好，若不善于实操，只听曲赏心，也可懂得阮的品格，也可邀请阮的相陪。像元代刘敏中《木兰花慢·赠贵游摘阮，时得名妾，故戏及之》里说的"何日西窗酒醒，听君细泻幽泉"。

**此声何所似，似琴语、更琅然。问太古遗音，承平旧曲，谁为君传。**
**知音素娥好在，只向人、怀抱照人圆。一笑青云公子，不应犹有尘缘。**
**松间玄鹤舞翩翩。山鬼下苍烟。正闭户焚香，流商泛角，非指非弦。**
**华堂静无俗客，算风流、未减竹林贤。何日西窗酒醒，听君细泻幽泉。**

比琴语更琅然的阮声，有太古遗风，有承平旧韵，怀抱如满月，弦弹伴鹤舞，是竹林遗响的高格调，是琅嬛环佩的玉温然，听一曲阮声窗下，洗一泉盈润心花。

阮，可仿若西方乐器进行配乐，可模仿打击乐器节奏配器；可化身西域风情韵味浓厚，可承平中古乐声安和沉静；可朗然独奏动人心魄，可化入乐队烘托背景；可乘乐起歌和弦伴唱，可扫弦热烈乘兴伴舞。无论在什么场合，它可以当仁不让笼罩四方，也可以安然退让融入八音。

可以说，阮表现着中国文化的至高智慧——中庸精神，"极高明而道中庸"（《中庸》第二十七章）。它激越时也是温厚而不过于张扬的，它收敛时也是温雅而不过于沉闷的，持重守中，动静皆宜，中和八音，横跨中西。如同"中和式文明"是中华文明的特征，中和式特性也是阮的特征。

阮，就是中国文化在音乐层面的一个形象化展现。

而唐代刘禹锡《和令狐相公南斋小宴听阮咸》诗中的阮，正是把它比拟为君子相待的：

> 阮巷久芜沉，四弦有遗音。
> 雅声发兰室，远思含竹林。
> 座绝众宾语，庭移芳树阴。
> 飞觞助真气，寂听无流心。
> 影似白团扇，调谐朱弦琴。
> 一毫不平意，幽怨古犹今。

"兰室"是君子之居室，"雅声"是君子之心声，"远思含竹林"是君子之悠思向往，"四弦有遗音"是君子之遗风追想。不吵不闹不争先于市，不抢不夺不刺耳于众；坐中怀远而源远流长，居中守正而终成大器。这样的乐器性格，也是君子性情。

而君子最高的人格追求，就是能安和他人，能中和自我，能把握适度，能中庸适合。就像听阮的时候，不高亢刺耳，不伤逝刺心，能春风如沐，能满月花开。

大约正因为阮的安和性与包容性，佛僧亦不拒绝它的晨暮叮咚。明代刘绩的诗《月夜独坐忆钱唐暹师房听施彦昭摘阮》说：

忽思吴客四条弦，出谷新莺咽洞泉。
一曲醉翁何处听，冬青树底佛堂前。

冬青下四弦悠然泉流，佛堂前阮咸恬淡安然。包容、适意、中和着过度的悲喜浓情，澄滤了过激的人生调门。

中和式脾性的阮，从来不曾彰显过它在乐器家族中的位置，却也从来不曾被历史遗忘它在音乐队伍里的必不可少。

从汉武帝时期的弹唱开始，到魏晋玄风里的竹林摇曳，它伴随过马上铿鸣，也见证过丝路跌踏，它怀抱照人在琴者身前，更和润熏雅着听者心田。

最美的一首阮诗，当数宋代刘过在花气袭人里听到的旧梦依稀——《听阮》：

绛蜡攒花夜气横，樽前更著许风情。
却将江上风涛手，来听纱窗侧阮声。

风情猎猎，四弦声歌。
一曲光阴度，阮逍遥。
梦转千年过，纱窗晓。

几回花下坐吹箫

箫

箫音色悠远，深邃，柔美，沉郁，虽音量不大却影响力强劲。这种幽幽沉沉、缠缠绵绵、飘飘荡荡的气韵，正是独属于箫的气质，使之具有阴柔的特征。箫与人声相和，可倾吐愁思，如泣如诉，亦可助兴欢颜，让人领略繁华；箫与笛、琴协奏能产生阴阳相谐衬托互补的和鸣。总之，箫是一件非常典雅的乐器，箫声入耳，天地共鸣。

箫，现为八孔，与笛同源，同属于材质以竹制为主的、不加簧片的单管类吹奏乐器，鼻祖都可追溯到新石器时代的骨笛。因此，很多人感觉笛与箫较难分辨。

事实上，箫古称"篴"，《释名》中说："篴，涤也，其声涤涤然也。通作笛。"笛与箫确实容易混淆。直到唐宋时期，才明确称呼竖吹而无膜的为箫或洞箫，横吹而有膜的为笛。因此，一横一竖、有膜无膜，便彻底区分开了笛与箫。

这区别，便形成了箫不同于笛的特色。笛膜震动形成了竹笛清脆明亮的声音；而由于无膜，箫的声音在竹管里荡漾而出时，音色就偏于悠远、深邃、柔美、沉郁，就像苏轼《前赤壁赋》里所说：

**客有吹洞箫者，倚歌而和之。其声呜呜然，如怨如慕，如泣如诉，余音袅袅，不绝如缕。舞幽壑之潜蛟，泣孤舟之嫠妇。**

赤壁之下、江水之上，当箫声起奏，缥缈如天外仙音，不绝回响于天地间，哀婉泣诉，引逗蛟龙的起舞，触动嫠妇的哀思。

箫就是这样深邃，虽音量不大却影响力强劲。这种幽幽沉沉、缠缠绵绵、飘飘荡荡的气韵，正是独属于箫的气质。它的引导能使人沉浸在深层体味中，开启人的心扉，触动人的灵魂，是一种以静制动、以柔克刚的深沉力量。

所以洞箫与竹笛就形成了一阴一阳的区别。

箫像是属阴的乐器，意绵绵悠扬于月光下。笛像是属阳的乐器，脆生生激越于阳光下。

事实上，听箫，正是在月下才最有意境。比如清代黄景仁的《绮怀》所写：

几回花下坐吹箫，银汉红墙入望遥。
似此星辰非昨夜，为谁风露立中宵。
缠绵思尽抽残茧，宛转心伤剥后蕉。
三五年时三五月，可怜杯酒不曾消。

独立风露夜，唯凭箫声幽咽为此生永隔的相思递诉；十五月圆夜，唯有箫声入酒抚慰披星伴月的断肠人。

箫的阴性特征，使它的音乐大多都不是攻击性的、直来直去的表达，而像是婉转低回的、悠远轻柔的诉说。洞箫声转，如在耳边幽幽长叹，如清风徐徐拂过，轻轻带走了人的心。

所以箫声也最合忧伤的情绪，箫管里释放出的是淡淡的愁绪，绽放出的是幽然生香的夜之花。伴随着箫的心绪，是伤亦是美，比如清代龚自珍就写过很美的句子——《吴山人文徵、沈书记锡东饯之虎丘》：

一天幽怨欲谁谙？词客如云气正酣。
我有箫心吹不得，落花风里别江南。

箫心幽怨，吹风落花，离情别绪，南国轻愁。箫声正如人声，动情于中，深情于外，似乎这样的音乐不是演绎出来的，而是诉说出来的、叹息出来的，甚至，是哽咽出来的。比如苏轼形容箫是"如泣如诉"，而李白的《忆秦娥》中也这样描写道：

> 箫声咽，秦娥梦断秦楼月。秦楼月，年年柳色，灞陵伤别。　　乐游原上清秋节，咸阳古道音尘绝。音尘绝，西风残照，汉家陵阙。

箫声如呜咽，送别伤逝，追远怀古，哀远道尘烟，思别离情苦。说箫声如咽，这是一种非常常见的形容。

吹箫的时候，亦是体内气韵贯通、气息倾吐的时刻，吹箫人会感觉到胸中所有的郁气、沉思、深情等萦怀难抒的情绪随声线输出体外。奏箫，是气息吐纳、换骨轻身的过程。所以深深的愁绪倾吐而出后，箫声呜咽如泣，而演奏者本人反倒轻松畅快了不少。

箫虽是吹管乐器，但是在演奏时并不需要太大的肺活量，与吹奏时更为"费气"的笛子、唢呐等乐器相比，箫是一种"养气"的乐器。箫声起落，是在和情养性，是在调理气息。所以吹箫也被优雅地称作"吟箫"。

吹奏乐是一种线性的音乐表达，因而才会有"丝不如竹"的说法——以丝弦为构造的弹拨乐是颗粒状的音乐表达，它在感染力上逊色于线性乐器那绵延起伏、萦绕飘荡的声音。于是，似人语的箫，就常用于送别。被送别者，会在远行路上感觉到那箫声久久回旋于耳边，萦绕不绝，这就是线性乐器的魅力，也是箫声轻柔低沉、轻飘婉转的功力。所以徐志摩会在《再别康桥》里说道：

寻梦？撑一支长篙，
向青草更青处漫溯；
满载一船星辉，
在星辉斑斓里放歌。

但我不能放歌，
悄悄是别离的笙箫；
夏虫也为我沉默，
沉默是今晚的康桥！

箫的送别，私语低诉却静水流深，"悄悄是别离的笙箫"。

箫，为离别递上一杯荡着音符的酒，饮下它，声飘满路。

其实，箫也并非只能沦于伤感，这种乐器由于音色柔婉，能适用于多种形式的演奏：独奏清丽、协奏飘逸、合奏和婉。

于是，在节日、在乐坊、在闹市、在喜庆场合，都少不了箫的出席。比如辛弃疾在《青玉案》中写道：

东风夜放花千树，更吹落，星如雨。宝马雕车香满路。凤箫声动，玉壶光转，一夜鱼龙舞。　蛾儿雪柳黄金缕，笑语盈盈暗香去。众里寻他千

**百度，蓦然回首，那人却在，灯火阑珊处。**

热闹非凡的元夕之夜，灯市如昼，火树银花，车水马龙，笑语欢声。在此时的丝竹乐鸣里，竟是一向低回婉转的箫声为诗人留下了最深刻的印象！说"凤箫声动，玉壶光转，一夜鱼龙舞"！可见，箫虽低调，却非不能高调；箫虽爱静，却非不会热闹。比如箫的演奏名曲《良宵》，乐曲就十分甜蜜喜悦，轻快明丽。

而宋代柳永描写繁盛光景的《望海潮》里也说：

东南形胜，三吴都会，钱塘自古繁华。烟柳画桥，风帘翠幕，参差十万人家。云树绕堤沙，怒涛卷霜雪，天堑无涯。市列珠玑，户盈罗绮，竞豪奢。　　重湖叠巘清嘉，有三秋桂子，十里荷花。羌管弄晴，菱歌泛夜，嬉嬉钓叟莲娃。千骑拥高牙，乘醉听箫鼓，吟赏烟霞。异日图将好景，归去凤池夸。

杭州繁华景，歌舞不眠地，如此好风光，诗人畅醉湖边，"乘醉听箫鼓，吟赏烟霞"，听箫与鼓声声荡入心扉，更加助兴。可见，箫的阴柔特征，只是一种非攻击性的婉转清扬，而不是一味地沉郁。它也能尽兴欢颜，也能助兴繁华。

不吵不闹、沉静幽深的洞箫声，如一束澄澈的白月光，如一双女性的温柔手，如一道静夜的花间风，它奏响的不是耳畔的热闹，它是在与人的内心深处

〔明〕唐寅《吹箫图》

对话，牵起人心角落里的柔情。

所以箫的阴柔化，也符合女性化的特征。

自古女子奏箫，本身就是极美的一幅画，在古人画作里也时有体现，比如五代时期顾闳中的《韩熙载夜宴图》、明代唐寅的《吹箫图》等。而描写女子情思的箫曲《妆台秋思》，通过王昭君的思乡寥落，充分展现了闺怨深深的女性形象。诗词中也常见女子与箫为伴，最著名的要论唐代杜牧的一首《寄扬州韩绰判官》：

**青山隐隐水迢迢，秋尽江南草未凋。**
**二十四桥明月夜，玉人何处教吹箫。**

扬州晚秋，明月桥头，玉人吟箫，山水清秋，多么典型的一幅江南诗情画卷！比秋景更美的是山水，比山水更美的是月色，比月色更美的是佳人，比佳人更美的是洞箫。这箫声从唐代一直吹奏到今天，每当人们提起扬州，就会想起这个充满诗情画意的玉人清箫夜。

还有南宋诗人姜夔的《过垂虹》所写：

**自作新词韵最娇，小红低唱我吹箫。**
**曲终过尽松陵路，回首烟波十四桥。**

红袖添香，浅吟低唱，吹箫应答，曲乐相和，箫最解人，人最称心。

这是箫声与人声的配合，而箫与笙自古相合。有一个典故"吹箫引凤"，是说春秋时期秦穆公的女儿弄玉最擅吹笙，一日忽闻宫外有人奏箫，箫声与自己的笙极为和谐精妙，于是遍寻吹箫之人。此人在华山，名叫萧史，奏箫技艺能令天地为之动容，于是秦穆公便将弄玉许配给了他。

二人婚后笙箫合奏，恩爱幸福。一夜，夫妻俩正在月下鸣奏，忽见一对金龙彩凤从天上飞来，接引二人成仙。于是，萧史乘龙，弄玉骑凤，飞升仙外。这个故事，也是成语"乘龙快婿"的由来。

其实，与箫最相合的乐器是古琴。琴箫合奏时，琴声清丽，箫声悠扬；琴声如珠玉，箫声如引线；琴如阳刚之男儿，箫如婉转之女子。琴箫和鸣，天衣无缝。著名武侠小说《笑傲江湖》中，就以大篇幅笔墨描写了知己之间、情侣之间琴箫合奏、天地作合的逍遥场景。

古琴是一件格调高古的乐器，意境深远，也正如箫，追求的不是花哨的技巧而是广阔的意境。而且，琴居于文人四艺"琴棋书画"的首位，是君子必修的功课，它是乐教的工具，是君子的象征。所以箫与琴和谐，正说明箫也具有君子的格调，是品位不俗的乐器。

格调高远，因此箫声有时候像是起自半空，犹如天外来音，不染尘俗，空灵旷古。这也跟箫的形制有关。竹箫竖吹，音韵随竹管节节高升，箫声因而显得飘逸、出尘、高妙、灵动。这样的乐声，正适合禅修，适合清心，适合澄澈自身。比如宋代诗人薛嵎的《越僧一书记索赋二绝·松风阁》：

何处笙箫起半空，满山斜日动蛟龙。
老僧无语凭栏久，过尽白云千万重。

白云流过，日暮西山，箫声寻无处，似从半空来。这旷古悠远的箫声令老僧感悟良久，良久沉吟。

所以概括起来，箫是一件非常典雅的乐器，我们很难把它与喧闹、俗气联系在一起，它的音色柔和，气韵悠扬，格调高远，感情深沉，它能让浮躁的心沉静下来，让枯寂的夜柔美起来。箫的阴柔化特征，使它与笛、琴协奏时能形成阴阳相谐、衬托互补的和鸣。

总体来说，箫声入耳，音量不大、音色不吵人，它能越过耳目等表层感官，对人心进行一种深层次的浸润。

最后用元代贡性之的诗《梅》来为洞箫的气质做收梢：

**眼前谁识岁寒交，只有梅花伴寂寥。**
**明月满天天似水，酒醒听彻玉人箫。**

天水极远处，伊人独自闲。酒醒梦散，幽香为伴。有箫，画面就不沉寂；有箫，岁寒也不苦凄。

箫声旷古，遗世独立，风姿洒然，静夜花香。

一管竹箫奏青天，流云纤，鸟心闲。长吹千载，风花又春天。